विज्ञान की
आश्चर्यों से भरी कहानियाँ

(भाग–2)

बच्चों और किशोर पाठकों के लिए
विज्ञान की दिलचस्प कहानियाँ

विज्ञान की
आश्चर्यों से भरी कहानियाँ

भाग-2

प्रकाश मनु

नीलकंठ प्रकाशन
नई दिल्ली -110002

प्रकाशक : नीलकंठ प्रकाशन
पता : 4760-61, 23, अंसारी रोड
दरियागंज, नई दिल्ली -110002
फ़ोन: 9810675061
व्हाट्सएप नंबर: +91 9810675061

ईमेल: neelkanthprakashan47@gmail.com

Vigyan Ki Aashcharyon se Bhari Kahaniyan Part-2
Prakash Manu

ISBN: 978-93-6874-481-8

प्रथम संस्करण : 2025

क्रम

1
कहानी टेलीविजन की

अंशुल टेलीविजन पर पोगो चैनल देख रहा था। परदे पर इतना मजेदार दृश्य था कि वह हँसते-हँसते लोटपोट हो गया। मम्मी आकर प्यार से बोलीं—"बेटा, थोड़ी देर के लिए डिस्कवरी चैनल तो लगाना।" अंशुल ने झट रिमोट दबाकर डिस्कवरी चैनल लगा दिया। फिर दादी जी आईं, तो रिपोट दबाकर अंशुल ने आस्था चैनल लगाया और कहा—"देख लीजिए दादी जी, अपनी पसंद का प्रोग्राम!" रात को पापा आए, तो सभी लोग साथ-साथ खाना खाने बैठे। अंशुल को पता था, पापा समाचार देखना पसंद करते हैं। उसने झट रिमोट दबाया और समाचारों वाला चैनल लगा दिया।

समाचार देखने के बाद पापा ने टीवी बंद कर दिया। फिर अंशुल की ओर देखकर बोले—"अंशुल, जिस टीवी से आज छोटे-बड़े अनगिनत लोगों का मनोरंजन होता है, क्या तुम्हें पता है, उसका आविष्कार किसने किया था?"

अंशुल उत्सुकता से भरकर बोला—"आप बताइए न पापा, टीवी का आविष्कार कैसे हुआ, किसने किया?" तब पापा ने मुसकराते हुए उसे टीवी का आविष्कार करने वाले धुनी वैज्ञानिक जॉन बेयर्ड की अनोखी कहानी सुनाई।

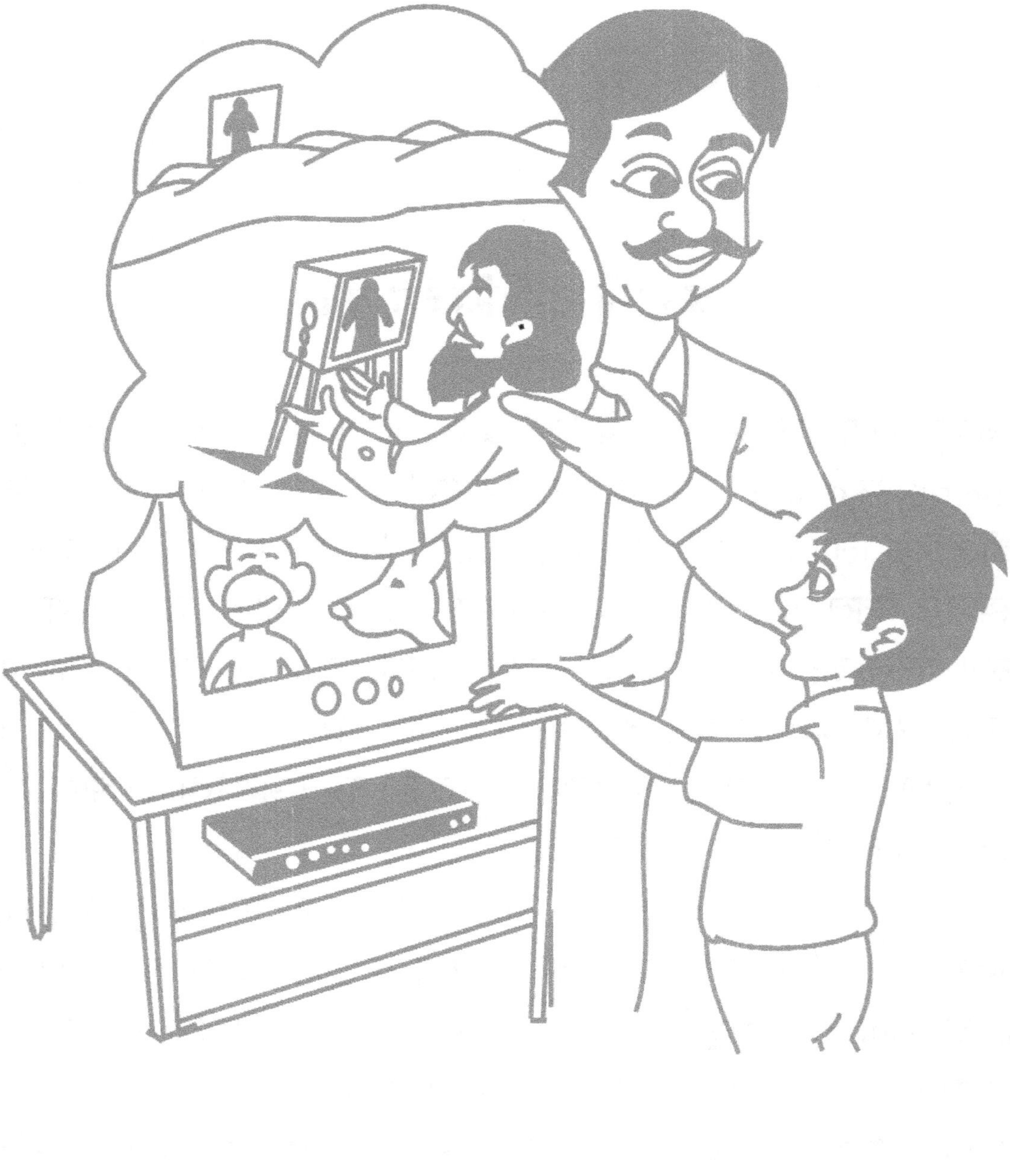

जॉन बेयर्ड का जन्म सन 1888 में इंलैंड में हुआ था। जन्म से ही उनका स्वास्थ्य कुछ ठीक नहीं रहता था, पर उनका दिमाग तेज था। उनके मन में एक से एक अनोखे विचार आते। स्कूल जाना उन्होंने बहुत देर से शुरू किया, पर वह जल्दी से नई-नई बातें सीख जाते थे। बारह वर्ष की उम्र में ही वह ऐसी-ऐसी बातें खोज लेते, जिनकी ओर उनसे पहले किसी का ध्यान गया ही नहीं था। कुछ और बड़े हुए, तो उन्होंने कई ऐसे छोटे-छोटे आविष्कार किए, जो काफी उपयोगी थे।

उन्होंने अपनी ही बनाई कुछ चीजों को बेचने का व्यवसाय शुरू किया, पर यह उनके बस की बात नहीं थी। लिहाजा उन्होंने सोचा कि कोई ऐसा आविष्कार किया जाए जो दुनिया के लिए उपयोगी हो तथा जिससे दूर-दूर तक उनका नाम फैल जाए। साथ ही पैसा भी मिले, जिससे उनकी गरीबी दूर हो सके और वह सम्मान की जिंदगी जी सकें।

एक बार बेयर्ड घूमने के लिए पहाड़ियों पर गए, तभी उनके मन में टेलीविजन का विचार कौंधा। असल में अभी तक बेतार के तार का शब्दों को एक जगह से दूसरी जगह पहुँचाया जाता था। पर बेयर्ड ने सोचा कि शब्दों की जगह तसवीरों का भी तो इस्तेमाल हो सकता है।

मन में यह विचार आते ही बेयर्ड अजब सी उत्तेजना से भर उठे। उन्हें लगा, यह उन्हें करना ही चाहिए, क्योंकि वह असल में यही करने के लिए जनमे हैं।

जल्दी ही उन्होंने अपना बनाया सेफ्टी रेजर बेचना छोड़कर, अपने इस नए आइडिया को लेकर प्रयोग करना शुरू कर दिया। लंबे समय तक निरंतर प्रयोग करने के बाद उन्हें छोटी सी सफलता मिली। उन्होंने एक माल्टीज क्रॉस को अपने टेलीविजन के जरिए काफी दूरी पर दिखा दिया। अखबारों में इसकी हलकी-फुलकी चर्चा हुई, फिर इसे भुला दिया गया।

पर बेयर्ड यहीं रुकने वाले नहीं थे। उनके मन में तो टेलीविजन की पूरी कल्पना थी, जिससे दुनिया बदल जाने वाली थी। उन्होंने अपने प्रयोग जारी रखे और अपने टेलीविजन को ज्यादा से ज्यादा प्रभावशाली और सुविधापूर्ण बनाने की कोशिश की। इसके लिए धन की जरूरत थी। बेयर्ड सोच रहे थे, शायद अखबारों में पब्लिसिटी हो जाने पर कुछ धनी लोग मदद के लिए आगे आएँ। पर पत्रकारों ने उन पर ज्यादा ध्यान नहीं दिया। असल में उनके मुचड़े कपड़े, बढ़ी हुई दाढ़ी और अजीब से हुलिए के कारण ज्यादातर पत्रकार उन्हें वैज्ञानिक नहीं, बल्कि किसी वैज्ञानिक का कार्टून अधिक समझते थे।

बेयर्ड को दुख था कि इतनी कोशिशों के बावजूद उन्हें ठीक-ठीक समझा नहीं गया। पर उन्होंने हिम्मत नहीं हारी। अब की उन्होंने तरह-तरह की आवाजें निकालने वाले एक विचित्र आदमी के मुखौटे को दूर तक पहुँचा दिया। और जब इसका भी कुछ खास नोटिस न लिया गया, तो उन्होंने एक परिचित व्यक्ति को अपनी अनोखी मशीन के आगे खड़ा किया और मीलों दूर उसका चेहरा दिखाई देने लगा। यह एक बड़ी सफलता थी। अब लोगों को मानना पड़ा कि सचमुच जॉन बेयर्ड ने एक महत्वपूर्ण वैज्ञानिक खोज की है। अखबारों में जोर-शोर से इसकी चर्चा हुई और बेयर्ड को ख्याति मिली।

इसके कुछ समय बाद बेयर्ड की ख्याति से प्रभावित होकर बी.बी.सी. ने जॉन बेयर्ड द्वारा खोजे गए टेलीविजन का इस्तेमाल किया और उसके जरिए कुछ दूरी तक लाइव दृश्यों का प्रसारण किया। इसी तरह डर्बी की घुड़दौड़ का सजीव प्रसारण बेयर्ड के टेलीविजन द्वारा सफलतापूर्वक किया गया। लोग टेलीविजन की संभावनाओं और उसके उपयोग के बारे में तेजी से सोचने लगे।

लेकिन जॉन बेयर्ड के टेलीविजन में एक बड़ी कमी थी। चित्र धीमी गति से चलते थे और वे काफी धुँधले भी थे। इस कारण लोग जल्दी से इससे ऊब

गए। इसकी तुलना में सिनेमा ज्यादा लोगों को खींच रहा था। उसमें चित्र कहीं अधिक सजीव लगते थे और दृश्य अधिक प्रभावी थे।

कुछ समय बाद कैथोड ट्यूब का आविष्कार हुआ, तो न सिर्फ टेलीविजन के चित्रों की गति बढ़ी, बल्कि वे अधिक साफ और प्रभावी ढंग से सामने आए। जॉन बेयर्ड तब तक गुजर चुके थे। हालाँकि आखिरी वक्त में उन्होंने तेज गति वाले रंगीन टेलीविजन की पूरी कल्पना कर ली थी।

असल में बेयर्ड का टेलीविजन एक सरल से सिद्धांत को अपनाकर बनाया गया कि कोई भी चित्र कुछ बिंदुओं से मिलकर बना होता है। उन बिंदुओं को तेजी से आँख के आगे से गुजारा जाए, तो उनकी छाया ही चित्र का रूप ले लेती है। वे बिंदु जितने सघन होंगे, चित्र उतना ही स्पष्ट होगा। टेलीविजन कुछ क्षैतिज रेखाओं के जरिए इन बिंदुओं को चित्रों में बदलता है। बेयर्ड के टेलीविजन में परदे पर केवल तीस क्षैतिज रेखाएँ थीं, जबकि आज टेलीविजन के परदे पर पाँच सौ रेखाएँ होती हैं, जो चित्र को कहीं अधिक साफ और चमकदार बना देती हैं।

कैथोड ट्यूब के आविष्कार के बाद टेलीविजन इतना प्रभावशाली माध्यम हो गया कि सब ओर उसकी दुंदुभी बजने लगी। जॉन बेयर्ड की यह असफलता कही जाएगी कि वह इस बारे में नहीं सोच पाए। फिर भी साधनहीनता के बावजूद उन्होंने अपनी अनोखी लगन से एक ऐसा आविष्कार कर दिया, जिसने सचमुच हमारे युग और दुनिया का चेहरा बदल दिया। आज घर-घर में मनोरंजन के दूत के रूप में टेलीविजन मौजूद है, जिसने हमारी दुनिया को खुशहाली के नए-निराले रंगों में भर दिया है। मनोरंजन के साथ-साथ वह शिक्षा का भी महत्वपूर्ण साधन है, और दूर-दराज के लोगों तक भी शिक्षा और ज्ञान का प्रकाश पहुँचा सकता है।

2
कहानी आइसक्रीम की

अगर आज बच्चों से उनकी सबसे प्रिय खाने की चीज के बारे में पूछा जाए, तो ज्यादातर बच्चों का जवाब होगा—आइसक्रीम! खाने-पीने की कोई शानदार पार्टी हो, या फिर कोई मेला या उत्सव, बच्चों की उत्सुक निगाहें सबसे पहले आइसक्रीम को ढूँढ़ती हैं। खाने-पीने को कुछ और मिले या न मिले, मगर आइसक्रीम जरूर चाहिए। और जी भरकर आइसक्रीम खाने के बाद भी उनकी तबीयत होती है—काश, थोड़ी-सी फलाँ आइसक्रीम या सॉफ्टी या चॉकबार और मिल जाती, तो मजा आ जाता! यों भी किसी को वैनिला और स्ट्राबरी पसंद है, तो किसी को कसारा, चॉकबार और केसर पिस्ता! और ऐसे बच्चे भी कम नहीं जो वैनिला या स्ट्राबरी खाते हुए मन-ही-मन खयालों में उड़ रहे होते हैं कि काश, इसके बाद कसारा या केसर पिस्ता और मिल जाती तो क्या कहने!

यों आइसक्रीम अब कोई दुर्लभ चीज नहीं रही। शायद ही कोई छोटा या बड़ा शहर या कसबा हो, जहाँ रोशनी में जगमगाता आइसक्रीम पार्लर या फिर लुभावने पोस्टरों से सजे, किस्म-किस्म की स्वादिष्ट आइसक्रीम बेचने वाले ठेले न हों! हालाँकि बच्चे अपनी इस पसंदीदा चीज को मजे से खाते हुए शायद

ही कभी सोचते हों, कि यह आइसक्रीम जो आज इतनी असानी से मिल जाती है, कभी इतनी दुर्लभ थी कि बड़े-बड़े राजाओं के दरबारों या फिर धनी लोगों की पार्टियों में ही नजर आती थी। ज्यादातर लोग इस 'ठंडी स्वादिष्ट मिठाई' के लिए तरसते थे! और सच तो यह है कि आइसक्रीम की कहानी कोई सौ-दो सौ साल पहले की नहीं, बल्कि तकरीबन ढाई हजार साल पुरानी है और इतिहास में अनेक महान हस्तियों के साथ, अनेक प्रसंगों में उसका जिक्र मिलता है।

शुरू में बगैर दूध के आइसक्रीम बनाने का चलन था। यह आइसक्रीम कभी ठोस रूप में होती तो कभी आधी जमी हुई। इसमें फलों का रस, चीनी और पानी का इस्तेमाल होता था। सदियों पहले चीन, तुर्की, भारत और एशिया के कई देशों में आइसक्रीम का प्रचलन था। उसके बाद यूरोपीय देशों में भी आइसक्रीम का प्रचलन हुआ और निरंतर बढ़ता गया।

आइसक्रीम की कहानी का एक छोर ढाई हजार बरस पहले, विश्वविजयी सिकंदर से जुड़ता है। सिकंदर ने जब मिस्त्र को जीता, तो उसने जीत का जश्न मनाने के लिए ढेर सारी आइसक्रीम तैयार करने का आदेश दिया। हालाँकि यह आज की आइसक्रीम से अलग थी। सिकंदर के आदेश पर पंद्रह बड़े-बड़े गड्ढे खोदे गए। फिर उन्हें पहाड़ के ऊँचे शिखरों से लाई गई मुलायम, दूधिया बर्फ से भरने के लिए कहा गया, ताकि महान सिकंदर इस ठंडी मिठाई का भरपूर आनंद ले सके।

यों आइसक्रीम की कहानी आज से कोई ढाई हजार बरस पहले से शुरू होती है। कहा जा सकता है कि किसी न किसी रूप में तब आइसक्रीम या ऐसी ही कोई चीज एक स्वादिष्ट मिठाई के रूप में मौजूद थी। इसके बाद तो आइसक्रीम के होने के काफी पक्के प्रमाण मिलने लगते हैं। ईसा की पहली

शताब्दी में रोम के शासक नीरो ने अपने सेवकों को आदेश दिया था कि पहाड़ों से बर्फ लाई जाए और उसे फलों के रस और शहद में मिलाकर यह ठंडी मिठाई तैयार की जाए!

इसके बाद सातवीं शताब्दी में चीन के राजा तांग ने बर्फ और दूध को मिलाकर आइसक्रीम बनाने का तरीका खोज निकाला। सारी दुनिया में स्वादिष्ट आइसक्रीम बनाने की कला को लेकर चीन का दूर-दूर तक नाम हो गया। तब चीन से आइसक्रीम यूरोप में पहुँची और तरह-तरह के रूपों में इटली और फ्रांस के राज दरबारों में पेश की जाने लगी।

कहा जाता है कि प्रसिद्ध विश्व-यात्री मार्को पोलो जब लंबे समय तक चीन में रहने के बाद इटली लौटा, तो अपने साथ-साथ आइसक्रीम तैयार करने की कला लेकर गया था। और इस तरह आइसक्रीम देखते ही देखते दुनिया के दूसरे देशों में जा पहुँची। कैथेरीन मेडिसी फ्रांस की रानी बनीं, तो उनके साथ आइसक्रीम बनाने की कला फ्रांस भी जा पहुँची। और फिर देखते ही देखते फ्रांस के राज दरबार और रईसों की पार्टियों में भी आइसक्रीम नई सज-धज के साथ सामने आने लगी।

आधुनिक काल में आइसक्रीम को लोकप्रियता दिलाने में अमेरिका का बड़ा हाथ है। अमेरिका में न सिर्फ आइसक्रीम बनाने की नई-नई विधियाँ खोजी गईं, बल्कि दावतों और पार्टियों में आइसक्रीम परोसने और मेलों में आइसक्रीम बेचने के नए-नए अंदाज सामने आने लगे। सन 1750 में मैटीलैंड के गवर्नर ब्लैडन ने अपने मेहमानों को आइसक्रीम की दावत दी थी। अठारहवीं शताब्दी के आखिर में फिलिप लेजी नाम के लंदन के एक मिठाई बेचने वाले व्यापारी ने 'न्यूयार्क' अखबार में घोषणा की कि वह आइसक्रीम समेत किस्म-किस्म की मिठाइयाँ बेचने जा रहा है। उसकी इस घोषणा ने सभी का ध्यान आकर्षित

किया। अमेरिका में पहला आइसक्रीम पार्लर भी अठारहवीं शताब्दी में ही खुला और उसके बाद तो सचमुच आइसक्रीम की कहानी को पंख लग गए। सब ओर उसकी धूम मच गई। कहा जाता है कि अमेरिका की बड़ी हस्तियाँ, जिनमें जॉर्ज वाशिंगटन भी थे, आइसक्रीम के खासे शौकीन थे।

आइसक्रीम को यह नाम कैसे मिला? इसका श्रेय भी अमेरिका को ही जाता है। पहले इसे 'आइस्ड क्रीम' यानी 'ठंडी की गई क्रीम' कहा जाता था। पर बाद में धीरे-धीरे संक्षिप्त होकर इसका कहीं अधिक सुंदर और आकर्षक नाम 'आइसक्रीम' हो गया, जो अब पूरी दुनिया में फैल चुका है।

अब तक आइसक्रीम बनाने की नई से नई विधियाँ खोज ली गई थीं। जब पैडल से चलने वाला लकड़ी का फ्रीजर बना, तो इसके निर्माण में एकाएक तेजी आ गई। सन 1832 में फिलेडेल्फिया के एक मिष्ठान्न निर्माता ऑगस्टस ने आइसक्रीम बनाने का एक नया तरीका खोजा। किन-किन चीजों को, किस अनुपात में मिलाने से स्वादिष्ट आइसक्रीम तैयार होती है, उसने यह खोज की। यह आइसक्रीम बहुत कुछ आज मिलने वाली आइसक्रीम जैसी थी।

नैन्सी जॉनसन नाम की इंग्लैंड की एक महिला ने सन 1846 में हाथ से चलने वाले फ्रीजर की खोज की। इससे आइसक्रीम बनाने का सही, वैज्ञानिक तरीका खोज लिया गया, जो कमोबेश आज भी इस्तेमाल होता है। नैन्सी जॉनसन ने तो अपने आविष्कार को पेटेंट नहीं करवाया। पर आगे चलकर विलियम जी. चंच ने सन 1848 में जॉनसन द्वारा निर्मित आइसक्रीम फ्रीजर को उसी के नाम के साथ पेटेंट करवाया।

इसके बाद आइसक्रीम के निर्माण में एक बड़ी छलाँग सन 1851 में दिखाई दी। कारण यह था कि इसी वर्ष बाल्टीमोर के जेकब फसेल ने बड़ी मात्रा में आइसक्रीम तैयार करने का व्यापारिक संयंत्र कायम किया। जाहिर है, इसके

साथ ही आइसक्रीम के निर्माण और प्रचार में आश्चर्यजनक तेजी आई। दूसरे व्यापारियों में भी इसी तरह के संयंत्र लगाकर आइसक्रीम बनाने की होड़ नजर आने लगी। इसे आइसक्रीम की विश्व-यात्रा का एक बड़ा और महत्त्वपूर्ण पड़ाव कह सकते हैं।

अब सभी का ध्यान आइसक्रीम को खूबसरत ढंग से सर्व करने की ओर गया और उसे परोसने के लिए आकर्षक, डिजायनदार कप तैयार करने की कोशिशें हुईं। आखिर उन्नीसवीं शताब्दी के अंत में अल्फ्रेड एल. क्रेल ने खूबसूरत ढंग से आइसक्रीम 'सर्व' करने के लिए सुंदर डिजाइन वाले कप-प्लेट ईजाद किए, जिससे आइसक्रीम का पूरा आनंद लिया जाए। जाहिर है, अब तक आइसक्रीम का खूब प्रसार होने के साथ-साथ वह सभ्य समाज की पहचान भी बन चुकी थी।

इसके बाद फ्रिज या रेफ्रिजरेटरों की ईजाद और उनके घर-घर पहुँचने पर तो आइसक्रीम को जमाना एक साथ सस्ता और आसान भी हो गया। इस दिशा में एक बड़ी कामयाबी तब मिली, जब आइसक्रीम जमाने का ऐसा फ्रीजर बना लिया गया, जो बिना रुके, लगातार काम करता था और व्यावसायिक रूप से सस्ता भी था। फिर तो आइसक्रीम की सब ओर दुंदुभी बजने लगी।

इसके बाद आइसक्रीम के नए-नए लुभावने रूप खोजे गए। इनमें सबसे लोकप्रिय हुआ आइसक्रीम कोन, क्योंकि यह बेहद सुविधाजनक था और मेले तथा उत्सवों में चलते-फिरते उसका आनंद लिया जा सकता था। सन 1904 में लुइस विश्व मेले में सबसे पहले ऐसे कोन देखे गए, जिनमें आइसक्रीम भरकर उन्हें चलते-फिरते खाया जा सकता था। कई व्यापारी अच्छे से अच्छे, सुंदर और कलात्मक कोन बनाकर उनमें आइसक्रीम पेश करने लगे, ताकि उनकी बिक्री बढ़े। इनमें लेबनान का एक व्यापारी अबे ड्रमर भी था। कुछ इतिहासकारों

का मानना है कि आइसक्रीम कोन बनाने की मशीन तैयार करने वाला पहला शख्स अबे ड्रमर ही था। यों आइसक्रीम कोन बनाने का इतिहास खासा लंबा है और किसी एक को उसका श्रेय देना मुश्किल है। कई लोग इस दिशा में एक साथ सोच रहे थे, ताकि आइसक्रीम की लोकप्रियता से ज्यादा से ज्यादा लाभ हासिल किया जा सके। धातु के सुंदर और आकर्षक कोन बनाने के साथ-साथ, कागज के कोन भी बनाए गए।

सन 1904 में सेंट लुइस स्थान के चार्ल्स ई. मेचेंस के मन में 'पेस्ट्री कोन' बनाने का विचार आया और उसी ने पहला आइसक्रीम कोन बनाया। कहा जाता है कि इस साल सेंट लुइस विश्व मेले में कम से कम पचास जगहों पर ऐसे आइसक्रीम कोन मिल रहे थे। इससे पता चलता है कि एक ही समय में कई लोगों ने एक साथ आइसक्रीम का यह रूप खेजा था, जो आज भी खासा लोकप्रिय है। खासकर मेलों और उत्सवों का तो यह खास आकर्षण ही है और हलकी धूप वाले गुनगुने मौसम में, इसे टहलते हुए खाने का आनंद ही कुछ और है! बहरहाल, इतना तय है कि बीसवीं शताब्दी के प्रारंभ में सेंट लुइस के विश्व मेले में कोन प्रसिद्ध हुए और एकाएक दुनिया भर में छा गए थे।

इसके बाद आइसक्रीम का युग आया। इसके आविष्कार की कहानी भी खासी रोचक है। इसे बनाने का विचार आयोवा के एक दुकानदार के मन में आया। यह सन 1920 के आसपास की बात है। हुआ यह कि एक बच्चा उसके पास आइसक्रीम खरीदने आया। उसे यह तय करने में मुश्किल आ रही थी कि वह आइसक्रीम सेंडविच ले या फिर चॉकलेट बार? तब नेल्सन के मन में एक नया विचार आया। उसने एक आइसक्रीम बार खोज निकाली, जिसके ऊपर चाकलेट की हलकी सी परत थी। सन 1934 में चाकलेट से मढ़ी हुई यह नए ढंग की, अनोखी आइसक्रीम बार खोज ली गई, जो आज भी ज्यादातर बच्चों

की पहली पसंद है। और अब तो लोगों की जरूरतों के हिसाब से ऐसी आइसक्रीम भी खोज ली गई हैं, जिनमें चीनी नहीं है तथा जो कतई मोटापा नहीं बढ़ाती।

आइसक्रीम की लोकप्रियता बढ़ने के साथ-साथ, तरह-तरह की आइसक्रीम खोजने की जो होड़ लग गई। सन 1960 में रुबेन मैट्स ने एक अलग तरह की आइसक्रीम खोजकर उसे अनोखा नाम 'हैगन डाज' दिया । इसी समय लियो स्टीफेनस ने 'डब बार' खोजी। इससे भी मजेदार थी 'गुड ह्यूअर आइसक्रीम बार' की खोज। इसे बेचने का भी एक नायाब तरीका खोज निकाला गया। सफेद ट्रकों का एक खूबसूरत काफिला उन्हें बेचने के लिए निकला। इन ट्रकों पर मीठी 'रुन-झुन, रुन-झुन' करने वाली घंटियाँ लगी थीं और एक ही तरह की पोशाक वाले ड्राइवर बैठे थे, जो खरीदने वालों को अपने इस अनोखे रूप से चकित और आकर्षित करते थे। जाहिर है, इस आइसक्रीम का जैसा दिलचस्प नाम था, उसे बेचने का तरीका भी वैसा ही मनोरंजक था, जिसने सभी को लुभाया। कुछ इतिहासकार इसी को पहली आइसक्रीम बार मानते हैं।

बेशक आइसक्रीम आज अपनी लोकप्रियता के शिखर पर है और उसने प्रसिद्धि की दौड़ में दुनिया की सारी स्वादिष्ट मिठाइयों को पीछे छोड़ दिया है। बड़े हों या बच्चे, सभी आइसक्रीम के दीवाने हैं—शायद इसलिए कि यह ऐसी लाजवाब चीज है, जिसे कितना ही खाओ, मन नहीं भरता! इसलिए आइसक्रीम की कहानी जो पिछले ढाई हजार सालों से चली आती है, उम्मीद है, अभी हजारों सालों तक मनुष्य के साथ-साथ यात्रा करेगी। उसके नए-नए लुभावने रूप सामने आएँगे तथा उसका स्वाद और आनंद कभी कम न होगा!

3
कहानी चॉकलेट की

चॉकलेट! सुनते ही बच्चों के चेहरों पर रौनक आ जाती है। और अगर कोई अच्छा काम करने पर किसी बच्चे को इनाम में चॉकलेट मिल जाए, तो उसके होंठों पर ही नहीं, आँखों तक में हँसी की झलक नजर आती है। बच्चों की सबसे पसंदीदा चीजों की सूची बनाई जाए तो हैरानी नहीं कि चॉकलेट ही नंबर वन होगी। यों चॉकलेट के कुछ नुकसान भी हैं और इसलिए बच्चों को ज्यादा चॉकलेट खाने से मना किया जाता है। पर चॉकलेट बच्चों को इस कदर पसंद है कि बच्चे इसके बिना रह ही नहीं पाते।

आज किस्म-किस्म के रंग-बिरंगे रैपरों में लिपटी चॉकलेट की टिकियाँ बाजार में दिखाई देती हैं। पैसे दो और बाजार से ले आओ। हर चॉकलेट का साइज और स्वाद भी अलग-अलग हैं। यहाँ तक कि ऐसी आइसक्रीम भी बन गई है जिसमें चॉकलेट होती हैं। इसे कहते हैं, चॉकलेट बार। इसके दीवाने लोग भी बहुत हैं। उन्हें चॉकलेट बार खाकर चॉकलेट और आइसक्रीम दोनों का एक साथ स्वाद मिल जाता है। दोनों ही बच्चों की पसंदीदा चीज हैं। पर चॉकलेट की खासियत यह है कि वह बारहों महीने रहती है और मजे से जेब में रखकर

भी यहाँ से वहाँ ले जाई जा सकती है। जबकि आइसक्रीम को कहीं ले जाना इतना आसान नहीं है।

पर यह चॉकलेट जो तुम्हें बाजार जाकर कुछ रुपए देने पर झट से मिल जाती है, अपने में एक लंबा और अनोखा इतिहाए छिपाए हुए हैं। चॉकलेट की कहानी वाकई बड़ी मजेदार हैं और सैकड़ों वर्षों से उसमें नए-नए रंग और नए मोड़ आए हैं।

असल में अमेरिका में अमेजिंग नदी के तट पर काकोआ नाम का एक पेड़ मिलता है। चॉकलेट की कहानी उसी से जुड़ी है। सोलहवीं शताब्दी के आरंभ में स्पेन के एक नाविक को इस पेड़ का पता चला। उसने देखा कि वहाँ के मूल निवासी इस काकोआ पेड़ की विचित्र फलियों से स्वादिष्ट पदार्थ बनाकर पीते हैं। वह भी लौटते समय अपने साथ काकोआ पेड़ की कुछ फलियाँ लेता आया। लौटकर उसने उन फलियों को पीसकर पेय बनाया, जो उसे बहुत अच्छा लगा। उसने अपने मित्रों और विशेष आमंत्रित लोगों को भी यह पेय पिलाया, तो सबने इसकी खूब तारीफ की। तो भी कोई सौ वर्ष पहले तक सिर्फ स्पेन में ही इस अनोखी चीज की जानकारी सिमटी थी। मानो वे अपने इस खजाने को किसी और को देने में हिचकिचा रहे हों। पर बाद में काकोआ पेड़ दुनिया के तमाम देशों में पहुँचा। बहुत से देशों ने काकोआ वृक्ष उगाने में सफलता हासिल की। और फिर चॉकलेट के इस जादुई स्वाद की सारी दुनिया दीवानी हो गई।

फिर इसका पाउडर बनाया गया। कैडबरी को इसमें बड़ी सफलता मिली। अब तो मनचाहे आकार की चॉकलेट बनाने की स्वतंत्रता मिल गई। और चॉकलेट की कहानी में एक बड़ी उछाल और तेजी नजर आई।

सारी दुनिया के बच्चे चॉकलेट के दीवाने हैं। और तो और, वैज्ञानिकों, लेखकों सभी ने इस पर कुछ न कुछ लिखा है और चॉकलेट सभी की प्रिय

चीज है, जिसे पाकर मन में खुशी और गुदगुदी होती है।

आज चॉकलेट न सिर्फ सारी दुनिया में छा चुकी है, बल्कि उसकी तमाम किस्में भी नजर आने लगी हैं। खूबसूरत रैपर में लिपटी चॉकलेट का बच्चों तक खिलंदड़े अंदाज में पहुँचना भी मानो आज के जमाने की एक खूबसूरत अदा हो कि बच्चों को चॉकलेट भी रंगों के साथ खिलखिलाते हुए दी जाएगी।

और तो और, चॉकलेट बनाने की फैक्टरियों और तौर-तरीकों पर भी एक नहीं, ढेरों मजेदार कहानियाँ लिखी गई। कई फिल्में भी बनाईं। मेक्सिको में चॉकलेट का बड़ा भारी धार्मिक महत्व है। लोग मिलकर बड़े प्रेम से इसे तैयार करते हैं और देवता का प्रसाद मानकर पीते हैं। शुरू में धार्मिक मठों और पादरियों ने इसका विरोध किया, पर धीरे-धीरे चॉकलेट का महत्व बढ़ता ही गया। सब ओर इसकी दुंदुभी बजने लगी। और इसका विरोध करने वाले सूरमाँ भी इसके काफिले में शामिल हो गए।

अगर बीसवीं और इक्कीसवीं सदी की बच्चों की सबसे पसंदीदा मिठाई पूछी जाए, तो एक ही जवाब मिलेगा—चॉकलेट। यह चॉकलेट की लोकप्रियता का उदाहरण है। ऐसी शायद ही कोई और चीज मिले, जिसे बच्चे इस कदर ललककर लेने के लिए हाथ बढ़ाएँ।

हाँ, पर ध्यान रखें, चॉकलेट एक सीमा से ज्यादा नहीं खानी चाहिए। चॉकलेट शौक से खाओ, पर इतनी भी नहीं कि दाँतों में दर्द होने लगे या पेट में कीड़े पैदा हो जाएँ। चॉकलेट बेशक एक अच्छी चीज है, पर इसकी अति न हो तो यह और भी अच्छी लगती है।

4
कहानी इंटरनेट की

अगर कोई कहे कि विश्व साहित्य के बड़े-बड़े ग्रंथों और मशहूर नामों को सहेजे हुए विशालकाय पुस्तकालय अब सिमटकर बच्चों की मेज पर आ गए हैं और जब चाहे 'खुल जा सिम-सिम' की तरह विश्व साहित्य की वे महान कृतियाँ बच्चों के आगे प्रकट हो जाती हैं, तो लगेगा, यह किसी जादुई तिलस्म की कहानी है। और अगर यह कहा जाए कि बच्चे को ज्ञान-विज्ञान की दुनिया से जोड़ने वाली जानकारियों और सूचनाओं का महासमुद्र भी इसमें जुड़ गया है, तो आश्चर्य थोड़ा और बढ़ जाएगा। इसके साथ ही अगर यह भी जोड़ दिया जाए कि बच्चों को दिलचस्प और नाटकीय अंदाज में पूरी रँगारँग मस्ती के साथ कहानियाँ, कविताएँ सुनाने वाली नाट्यशालाएँ भी अब बच्चों की टेबल पर आकर अलादीन के जिन की तरह अपना कमाल और धमाल दिखा रही हैं— और उनकी दुनिया में खिल-खिल हँसी और उल्लास के रंग भर रही हैं, तो बिलकुल यकीन नहीं आएगा—भला ऐसा भी हो सकता है? ...ऐसा कैसे हो सकता है?

पर हकीकत यही है।

और अलादीन का यह जिन मौजूदा वक्त में इंटरनेट है जिसने सचमुच बच्चों की दुनिया के आगे एक जादुई दुनिया के नजारे खोल दिए हैं। बच्चों के बंद दरवाजे-खिड़कियों को खोलकर सारी दुनिया के बच्चों से मिलने के मौके भी इंटरनेट ने अब चुटकियों में उपलब्ध करा दिए हैं। यही नहीं, विश्व में जहाँ जो हो रहा है, इंटनरेट के जरिए वह सीधे बच्चों की दुनिया तक पहुँच जाता है। दुनिया का इतिहास, भूगोल हो या साहित्य और संस्कृति, या भाषाएँ सीखनी हों, कविता-कहानियाँ सुननी हों, दिलचस्प बातें और गपशप करने का मन हो, गाने सुनने की इच्छा हो—हर फरमाइश को पूरा करने के लिए आज बच्चो के आगे अदब से सिर झुकाए यह अनोखी जादुई शक्तियों वाला जिन खड़ा है—इंटरनेट। ऐसा भला-भला दयालु और उपकारी जिन्न जिसने बच्चो की छोटी-सी दुनिया को ज्ञान-विज्ञान की नई-नई जानकारियों से जोड़कर सचमुच महासिंधु में बदल दिया है।

अगर कहें कि इक्कीसवीं सदी के शुरुआती वर्षों में ही इंटरनेट ने एकाएक अपनी बाँहें पसारकर, बच्चों की दुनिया में आमूलचूल क्रांति कर दी है, तो कुछ गलत न होगा। इंटरनेट बच्चों का ऐसा दोस्त है, जो हर वक्त उनका खालीपन भरने के लिए तैयार है और वे कोई भी काम करना चाहें—या अपने जीवन में कोई भी रास्ता, कोई भी कैरियर चुनना चाहें, तो इंटरनेट सबसे पहले मदद के लिए हाजिर है। और अगर किसी बच्चे के मन में जीवन के किसी भी क्षेत्र में कुछ नया सीखने-जानने की ललक है, तब तो इंटरनेट से अच्छा साथी और गुरु मिलना मुश्किल है। अगर आप कहीं उलझ गए हैं और किसी लेखक या पुस्तक या विज्ञान के किसी आविष्कार या ऐतिहासिक धरोहर, किसी प्राचीन किले या विश्वप्रसिद्ध इमारत के बारे में जानना चाहते हैं, तो इंटरनेट के द्वार खटखटाइए—यहाँ हर वक्त आपका स्वागत है। बगैर खीज के इंटरनेट बच्चे की

शंकाओं के जवाब देगा और उन्हें हँसी-खुशी सही हल बता देगा।

इससे बच्चों के भीतर बहुत कुछ नया जानने-सीखने की भूख तो पैदा हुई ही है, साथ ही इस दुनिया में हिम्मत के साथ जीने और आगे बढ़ने का हौसला और आत्मविश्वास भी आया है। बच्चे अब अपने भविष्य से बेगाने नहीं रहे। बल्कि उन्हें पता है कि आगे चलकर उन्हें क्या हासिल करना है। और कैसे अपनी मंजिल पानी है।

इसी तरह इंटरनेट ने बच्चों के लिए मनोरंजन की दुनिया में लगभग क्रांति कर दी है। बहुत-सी इसकी वेबसाइट हैं। जो बच्चों को मजेदार कार्टून पात्रों के जरिए बड़े ही नाटकीय अंदाज में एक से एक दिलचस्प परी कथाएँ या हास्य कहानियाँ सुनवाती हैं। या छोटी-छोटी नटखट कविताएँ जो उन्हें झटपट याद हो जाए। बच्चे इन्हें सुनते हुए कभी हँसते-हँसते लोट-पोट तो कभी इन कहानियों के कथा-रस में भीगते हुए और साथ-साथ बहुते हुए इस कदर लीन हो जाते हैं कि उन्हें लगता है कि उनकी दुनिया सिर्फ उतनी ही नहीं, जिसमें उनका रोज-रोज का होमवर्क और पढ़ाई-लिखाई है, बल्कि उनकी दुनिया का दूर-दूर तक पसारा है। और धरती से आकाश तक हजारों बाहें खोले पुकारता एक बड़ा संसार उनका है।

बेशक इंटरनेट ने ही यह संभव किया है और आज बच्चों को यह बात रोमांच से भर जाती है कि इंटरनेट पर वे जो कथा-कहानी सुन रहे है , वही हो सकता है हजारों मील दूर बैठा लंदन या कनाडा या फ्रेंकफुर्त या टोक्यो का बच्चा भी सुन रहा हो। इससे बच्चों के भीतर छोटी-छोटी सीमाओं से उठकर विश्व-नागरिक बनने की भावना और ललक पैदा होती है। इस मामले में सचमुच इंटरनेट ने एक बड़ा उपकार किया है। आप कह सकते हैं, इंटरनेट का इस्तेमाल करने वाला हर बच्चा एक मानी में विश्व-नागरिक है। और संसार में

कहीं कुछ भी हो रहा है, तो उसकी गूँज-अनगूँज इसके जरिए उस बच्चे तक भी पहुँचती है।

फिर चैटिंग की दुनिया से तो यह भी संभव है कि अपने कंप्यूटर के माउस को क्लिक करते ही बच्चा दुनिया के किसी भी मुल्क किसी भी कोने में बैठे बच्चे से इस तरह बातें कर सकता है, जैसे वे बड़े पुराने बिछुड़े हुए दोस्त हों और आमने-सामने बैठे हों। किसी भी अनजान बच्चे से चैटिंग करते हुए उसे झिझक इसलिए महसूस नहीं होती, क्योंकि अलग-अलग देश या परिवेश मे रहने पर भी कुल मिलाकर तो बच्चों की रुचियों का संसार एक ही है। एकदम भोला और निश्छल। बच्चे दूर बैठे हुए किसी बच्चे से बातें करते हुए उसके मन का हाल और रुचियाँ बड़ी आसानी से जान लेते हैं। फिर झटपट वे एक-दूसरे से गपियाते हुए किस्से-कहानियाँ सुनाना शुरू कर देते हैं, फिल्मी गानों को गुनगुनाना शुरू हो जाता है और कभी-कभी तो एक से बढ़कर एक चुटकलों का आदान-प्रदान हो जाता है। और यों दो छोरों पर बैठे इन दो बच्चों की चैटिंग या गपशप के जरिए कहीं न कहीं हमारी दुनिया में हँसी-सुखी ओर प्रसन्नता की एक हिलोर जन्म ले रही होती है।

इस तरह इंटरनेट जो कल तक सिर्फ ज्ञान-विज्ञान की सूचनाएँ देने वाला एक शुष्क-सा वैज्ञानिक माध्यम जान पड़ता था, आज उसमें बच्चों की हँसी-खुशी के रंग घुल-मिल गए जान पड़ते हैं और उसके साथ ही उसमें अनंत विविधिताए लगातार जन्म ले रही हैं। बच्चों के लिए इंटरनेट हरदम ताजातरीन चेहरे के साथ मुसकराने वाला एक ऐसा खुशमिजाजा गाइड है, जो न सिर्फ उन्हें सारी दुनिया के दर्शनीय स्थलों, पहाड़ों, नदियों, खूबसूरत घाटियों, सुरम्य प्राकृतिक स्थलों और अभयारण्यों की सैर कराता है, बल्कि जब चाहे सारी दुनिया के इतिहास, भूगोल, संस्कृति और साहित्य के पन्ने पलटता हुआ गुरु

ज्ञानी भी बन जाता है।

और बच्चों की दुनिया को दूर-दूर तक फैलाने तथा आपस में उनकी दोस्ती कराने में तो इंटरनेट की भूमिका का कोई जवाब ही नहीं। मानो ईश्वर के किसी दयालु दूत की तरह इंटरनेट ने यह तय कर लिया है कि दुनिया के सारे बच्चे, दुनिया के सारे बच्चों को जान लें, ताकि कहीं कोई बच्चा अकेला न रहे। किसी को हीनता, भय या अकेलेपन का एहसास न हो और बच्चों की दुनिया हमेशा खुशियों और खिलखिलाहट से भरी रहे।

इस बारे में बच्चों से पूछने पर उनकी आँखों में जो चमक और चेहरे पर आत्मविश्वास दिखाई दिया, उसे शब्दों में बयान करना मुश्किल है। एक बच्चे का तो यह कहना था कि अंकल, मुझे तो कई बार लगता है, इंटरनेट का जादुई जिन मानो कह रहा है कि बच्चे एक-दूसरे के बारे में ज्यादा से ज्यादा जानें और एक-दूसरे का हाथ पकड़कर हँसते-खिलखिलाते हुए आगे बढ़ें, यही पैगाम हमारा—यही प्रोग्राम हमारा।

बेशक आज इंटरनेट के कारण बच्चे की दुनिया जितनी बड़ी और रंगभरी हो गई, उतनी शायद पहले कभी नहीं थी। बच्चे अपने देश के दूसरे राज्यों में रहने वाले बच्चों की अलग-अलग रुचियों और परिवेश, रहन-सहन, लोकगाथाओं, रीति-रिवाज, त्योहारों आदि के बारे में आज कही अधिक जानते हैं। इसी तरह दूसरे देशों के बच्चों के रहन-सहन, पढ़ाई-लिखाई, मेले-ठेले, त्योहारों, खेलकूद आदि के बारे में जानने की उनकी उत्सुकता बढ़ी है। इससे बच्चे बड़े होकर कहीं अधिक अच्छे और समझदार नागरिक बनेंगे, जिनमें दूसरे धर्म या समुदाय के लोगों के प्रति भी गहरा प्रेम होगा। वे भावनात्मक रूप से उदार होंगे।

इसमें शक नहीं कि इंटरनेट के जरिए दूसरे बच्चों से चैटिंग करते हुए बच्चे

के मन में पहला एहसास यह आता है कि इन बच्चों के सुख-दुख, शिकवे-शिकायतें, गुस्सा, प्यार, ज्ञान-विज्ञान की भूख और दुनिया को जानने का रोमांच भी हमारी तरह है। और तब बच्चों को कितनी खुशी होती है, इसका अंदाजा लगाया जा सकता है। बड़ों की दुनिया में ग्लोबलाइजेशन की बड़ी-बड़ी बातें तो खूब होती हैं, पर बच्चों की दुनिया में तो पहले-पहल इंटरनेट ने ही यह साबित किया है कि सारी दुनिया एक ग्लोबल ग्राम है, जिसमें हर कोई हर किसी के बारे में सब कुछ जानता है और सभी अपने अनुभव एक-दूसरे से बाँट सकते हैं। लिहाजा इंटरनेट ने पूरी दुनिया को बच्चों के लिए खेल-कूद, पिकनिक और घूमने-टहलने के लिए एक विशाल सैरगाह या रंगारंग मेले में बदल दिया हो, तो इसमें आश्चर्य क्या।

पिछले दिनों इंटरनेट पर लिखी गई यह कविता सुनाऊँ, तो शायद इंटरनेट का यह जादू कहीं अधिक बेहतर लफ्जों में खुल पाएगा। कविता का शीर्षक है 'इंटरनेट का यह संसार'—

खेल रहा है बंद खिड़कियाँ,
जोड़ रहा है दिल के तार,
इंटरनेट का यह संसार।

इस दुनिया में रंग-बिरंगी
छिपी हुईं कितनी दुनियाएँ,
इससे मिल लें, उसको जाने
उससे जाकर हाथ मिलाएँ।

हर पौधे की, हर पत्ती की
जानो तो है अजब कहानी,
हर पक्षी जो उड़ता जाता
कहता कुछ बातें लासानी।

सबकी बातें, सबके किस्से
सुना रहा है अपरंपार—
इंटरनेट का यह संसार।

बब्बू के बाबा के बाबा
डब्बू की नानी की नानी,
बातें जितनी गजब बताते
सभी जानता यह गुरु ज्ञानी।
पेरिस का एफिल टावर हो
या हँसती गुड़िया जापानी,
खोलो इंटरनेट लगेगा—
सब दुनिया जानी-पहचानी।

'खुल जा सिम-सिम' कहते ही
खुल जाते दुनिया के द्वार-
इंटरनेट का यह संसार।

यहाँ-वहाँ के सारे बच्चों

से आओ जी भर बतियाएँ,
उनके मन का राज जान लें
अपने मन का हाल बताएँ।
जो भी पूछो, जो भी खोजो
झट बतलाता यह जादूगर,
दुनिया मुट्ठी में आ जाती
कह देता जब यह छूमंतर।
उड़ना सिखा रहा है हमको
सारी दीवारों के पार,
इंटरनेट का यह संसार।

कहाँ-कहाँ तक जंगल फैले
कहाँ-कहाँ कैसी चिड़ियाएँ,
कहाँ बाघ का सैर-सपाटा
झरने गीत कहाँ पर गाएँ?
कहाँ-कहाँ पर सोना-चाँदी
कहाँ कोयले की खानें हैं,
हाथ पकड़कर हमें घुमाता
रस्ते इसके पहचाने हैं।

ऐसा खुशदिल गाइड यही है
जो रहता हरदम तैयार,
इंटरनेट का यह संसार।

हम उम्मीद कर सकते हैं कि इंटरनेट का यह अजब संसार जिसमें बड़ी तेजी से बच्चों की हँसी-खुशी और किलकारियों के रंग भी घुल-मिल रहे हैं, आने वाले कल में कहीं अधिक रंग और खुशबुओं भरा होगा। तब इंटरनेट खोलते ही बच्चों को लगेगा, सारी दुनिया अपनी रंग-बिरंगी झिलमिलाहट के साथ उनके आगे खड़ी है और वे थोड़ी ही देर में बेरोकटोक सारी दुनिया की सैर करके घर वापस आ सकते हैं। मुझे तो इंटरनेट सारी दुनिया के बच्चों के आगे दोस्ती का पैगाम लिए खड़ा, विज्ञान का सबसे बड़ा दूत लगता है। आइए, बच्चों की दुनिया में हँसी-खुशी के रंग भरने वाले इक्कीसवीं सदी के इस अलबेले जादूगर का स्वागत करें।

5
छोटे परदे का जादू

पिछले कुछ वर्षों में टेलीविजन का बहुत तेजी से पसारा हुआ है और इसने हमारी दुनिया को बड़ी तेजी से प्रभावित किया है। खासकर बच्चे तो टेलीविजन के इस कदर दीवाने हैं कि कहा जा सकता है, टीवी ने बच्चों की दुनिया को आमूलचूल बदल दिया है। आज के बच्चे अगर कल की दुनिया से अलग है और उन्हें देश-दुनिया की इतनी जानकारी है, तो इसका कारण है टीवी जिसने बच्चों को बंद दुनिया के दरवाजे-खिड़कियाँ एक साथ खोल दीं और उन्होंने ज्ञान-विज्ञान की दुनिया में तेजी से तेजी से उड़ने और छलाँग लगाने का मौका दिया।

अगर पिछले दो दशकों की चर्चा करें, तो छोटे परदे पर बच्चों के लिए इतने कार्यक्रम बने हैं कि छोटे परदे को हम बच्चों को 'दोस्त परदा' कह सकते हैं, जिसे सचमुच बच्चों के भरपूर मनोर जन की जिम्मेदारी ओढ़ ली है। और यही नहीं, बच्चों के व्यक्तित्व-विकास में भी छोटे परदे का बड़ा योगदान है। अकसर जब वहाँ क्विज आदि के कार्यक्रम आते हैं, तो उनमें बच्चों के जवाब सुनकर बड़े भी चकित हो जाते हैं कि अच्छा, बच्चे भी इतना जानते हैं! पर बच्चे

सचमुच इतना जानते हैं कि उस उम्र में उतना जानना तो दूर, हम सोच भी नहीं सकते थे। वे अंतरिक्ष से लेकर पशु-पक्षी, विज्ञान, इतिहास-भूगोल, यहाँ तक कि शिक्षा और करियर के विविध क्षेत्रों के बारे में इतना जानते हैं और उनकी समझ इतनी साफ और पैनी है कि देखकर प्रशंसा करनी पड़ती है। वे बहुत बार अपनी उम्र से बहुत आगे लगते हैं। उनमें ढेर सारी जानकारियों के अलावा इतनी समझ और आत्मविश्वास आया है, इसमें बेशक छोटे परदे का भी हाथ है।

दुनिया के प्रायः सभी देशों में बच्चों के लिए सीरियल अब बहुतायत से बनने लगे हैं। इनमें हास्य और कॉमिकल कार्यक्रम हैं, तो रोचक सूचनाएँ देने वाले कार्यक्रम भी। इसके अलावा बच्चों के लिए क्विज, पहेली आदि-आदि के भी कार्यक्रम जितने आज बन रहे हैं, उतने पहले कभी नजर नहीं आते थे। इसके अलावा बच्चों के लिए कार्टून फिल्में भी खूब बनने लगी हैं। बच्चे कार्टून फिल्में सबसे ज्यादा पस द करते हैं। बच्चों के लिए मजेदार कार्टून परोसने वाले चैनलों में पोगो और कार्टून चैनल बहुत मशहूर हैं।

इसके अलावा जीवन के विविध क्षेत्रों में रुचि और भिन्न तरह के हॉबीज वाले बच्चों के लिए भी छोटे परदे पर ढेर सारे चैनल हैं, जिन्होंने ज्ञान-विज्ञान की जानकारियों को मानो घर-घर पहुँचा दिया है। जो बच्चे महँगी किताबें नहीं खरीद सकते, वे भी डिस्कवरी, नेशनल हिस्ट्री चैनल, एनीमल प्लैनेट, नेशनल ज्यॉग्राफिक चैनल जैसे गंभीर तरह के चैनलों से जीवन के हर क्षेत्र के बारे में बहुत कुछ नया और महत्वपूर्ण सीख सकते हैं। आज बड़े बच्चे हों या किशोर, वे ज्ञान-विज्ञान से जुड़ी जानकारियों के लिए इन चैनलों पर काफी शोध और अध्ययन के बाद बनाए जाने वाले कार्यक्रमों को बहुत रुचि से देखते हैं। इन चैनलों का उद्देश्य ही है नित नई-नई जानकारियाँ देकर हमारी ज्ञान-विज्ञान की दुनिया का विकास।

खासकर प्राचीन सभ्यता या इतिहास की खासी शोधपरक जानकारी देने में डिस्कवरी और नेशनल ज्यॉग्राफिक चैनलों का जवाब नहीं। और वे बच्चे जो थोड़ा बड़े होने पर टेलीविजन के रंग-रँगीले कार्यक्रमों से अलग हटकर, कुछ नया और सीरियस देखना चाहते हैं, वे इन चैनलों से यकीनन बहुत कुछ सीखते हैं। इन चैनलों की खासियत है कि बड़े ही रोचक अंदाज में ये चीजों को सामने रखते हैं। यहाँ तक कि कई बार इतिहास को सामने धड़कते हुए देख सकते हैं। प्राचीन बौद्ध स्तूपों के बारे में हो, या तूतनखामन की शव-पेटिकाओं और मकबरों से जुड़े ज्ञात-अज्ञात रहस्यों के बारे में, या फिर मिस्र के विशाल पिरामिडों के बारे में जिनके बारे में कहा जाता है कि काल भी इनसे डरता है, काफी पूर्णता के साथ यहाँ जानकारी मिल जाती है।

इसके अलावा इस तरह के जानकारी वाले चैनलों में विस्मृति के अँधेरे में छिपे इतिहास के बहुत से रोमांचक दृश्य मानो फिर से परदे पर साकार हो उठते हैं। ऐसे विशाल समुद्री जहाजों के बारे में काफी खोज और अध्ययन के बाद नई और दिलचस्प चीजें यहाँ मिल सकती हैं, जो सदियों पहले किसी महा अभियान पर निकले और फिर दुर्घटनावश समुद्र में समा गए। ऐसे कार्यक्रम बच्चों के ज्ञान और जिज्ञासा के क्षितिज का विस्तार करते हैं। इसके अलावा ऐसे धर्मों, सभ्यताओं, जातियों, जन-जातियों, प्राचीन नगरों, नदियों, ऐतिहासिक इमारतों और महानायकों के बारे में भी यहाँ जानकारी मिल जाती है, जिन्होंने एक नया इतिहास रचा और इनसानियत को रोशनी दी। इस लिहाज से देश-दुनिया में जो कोई बड़ा काम हुआ हो, उसे इस चैनल में जगह मिलती है। और बच्चे खासी रुचि से ऐसे कार्यक्रमों को देखते और इनसे बहुत कुछ सीखते हैं। कहा जा सकता है कि इतिहास की दर्जनों किताबें जो नहीं सिखा पातीं, वह छोटे परदे की बड़ी दुनिया खेल-खेल में बच्चों को सिखा देती है। यों डिस्कवरी

यानी शोध का सच्चा मतलब भी यही है। ऐसा ज्ञान जो मनुष्य को गुजरे हुए समय और आने वाले समय की संपूर्ण जानकारी दे, ताकि मौजूद समय में वह सही निर्णय ले सके और जीवन में तेजी से आगे बढ़ सके।

एक अच्छी बात यह है कि इस तरह के कार्यक्रमों ने बच्चों में यह भावना पैदा की कि कुल मिलाकर सभी धर्मों और सभ्यताओं में ऐसी चीजें हैं, जो हमें एक बेहतर मनुष्य बनाती हैं। बस उन्हें ठीक से समझने की जरूरत है। लिहाजा अच्छी जानकारी वाले इन कार्यक्रमों ने बच्चों को सही मायने में उदार और समझदार भी बनाया।

इसी तरह एनीमल प्लानेट और नेशनल ज्यॉग्राफिक चैनल पशु-पक्षियों के जीवन, रहन-सहन, आदतों और व्यवहार से संबंधित नित नई जानकारी पाठकों के आगे लाते रहते हैं। और कहा जा सकता है, आज का बच्चा अगर मानसिक विकास के लिहाज से कल के बच्चों से बहुत आगे है, तो इसमें यकीनन इन चैनलों का भी बड़ा हाथ है।

इसी तरह छोटे परदे ने पशु-पक्षियों के बारे में बच्चों और किशोरों की जानकारी में इजाफा करने के साथ-साथ, उनमें पशु-पक्षियों के लिए मानवीय संवेदना पैदा करने का बड़ा काम भी किया। छोटे परदे पर पशु-पक्षियों के जीवन, आदतों और रहन-सहन की गहरी झाँकी देने वाले चैनलों में 'एनीमल प्लैनेट' तथा 'नेशनल ज्यॉग्राफिक' किशोरों के बीच खासे लोकप्रिय हैं। खास बात यह है कि इन चैनलों पर उन्हें स्टूडियो या फिर किसी अलग स्थान पर लाकर उनकी चर्चा नहीं होती, बल्कि पशु-पक्षियों के विशेषज्ञ उन्हीं जंगलों और परिवेश में जा पहुँचते हैं, जहाँ वे रहते हैं। उनका कैमरा गुपचुप काम करता है और पशु-पक्षियों के स्वाभाविक मूड्स को परदे पर कैद कर, हमेशा के लिए स जोता चलता है। फिर जब हम छोटे परदे पर उन्हें मस्ती से चलते-फिरते,

बोलते और खाते-पीते, कभी नाराज तो कभी खुशी से भरकर उछलते-कूदते देखते हैं, तो ऐसा लगता है मानो हम उन्हीं जंगल-घाटियों में जा पहुँचे हैं। और तमाम पशु-पक्षी किस वातावरण या परिवेश में रहते हैं, उनके खुशी या दुख के पल कैसे होते हैं और कितने संघर्ष कितनी मुश्किलों और खतरों से भरा उनका जीवन है, इसे हम टेलीविजन पर अपनी आँखों के आगे देख पाते हैं।

यही वजह है कि उत्तरी और दक्षिणी ध्रुव में पेंग्विन पक्षी सरीखे जीवों तथा विलुप्त हो चुके डोडो आदि पक्षियों के बारे में आज के बच्चे जितना जानते हैं, उतना पहले के बच्चे नहीं जानते थे। पशु-पक्षियों का पारिवारिक वातावरण, बच्चे और उनका पालन-पोषण, शिकार का तरीका या फिर खाने-पीने की आदतें और शत्रु से बचाव की तरकीबें और चतुराइयाँ—यह सब कुछ यहाँ देखने को मिल जाता है। और बेशक इससे बच्चों ने बहुत कुछ सीखा और अपने अनुभव स सार को विस्तृत भी किया है।

इसी तरह मनोरंजन के लिहाज से देखें, तो पोगो और कार्टून चैनल बच्चों की पहली पसंद है। बच्चों की विश्वप्रसिद्ध लेखिका एनिड ब्लाइटन की कथा पर आधारित 'नॉडी' तो इस लिहाज से बेमिसाल है। यों भी नॉडी बच्चों का अनोखा नायक है। नॉडी बड़ा ही मासूम बच्चा है, जिसका मासूमियत और भोलापन आँखों में बस जाता है। इस सीरियल में नॉडी ड्राइवर है। हम अकसर उसे कार चलाते देखते हैं। नॉडी की एक खासियत यह है कि लोगा की भलाई के चक्कर में वह अकसर फँस जाता है। उसका दोस्त एक पुलिस वाला है, जो आड़े वक्त में उसकी मदद करता है।

किसी को भी दुख-परेशानी में देखकर वह द्रवित हो उठता है और यहाँ तक कि खुद को मुसीबत में डालकर भी मदद करता है। बुरे लोग भी उसकी मासूमियत से प्रभावित होकर भले बन जाते हैं। शायद इसीलिए नॉडी को सभी

लोग बेहद प्यार करते हैं। इससे तमाम कॉमिक पात्रों में नॉडी की एक अलग ही पहचान बनी। और मजे की बात यह है कि बच्चों के इतने नायक हैं, पर इनमें नॉडी जैसा कोई और नहीं है। नॉडी में एक अलग ही आकर्षण है। उसकी शराफत, उसका भोलापन और प्यार, सब कुछ दिल को छू लेता है।

कार्टून पात्रों में सुपरमैन, फैंटम, डोनाल्ड डक आदि का बच्चों और किशोरों पर गहरा प्रभाव पड़ा। ये ऐसे पात्र हैं, जिनके सारी दुनिया के बच्चे दीवाने हैं। खास बात यह है कि इन पात्रों के मिजाज अलग-अलग हैं, फिर भी इनमें बहुत कुछ ऐसा है जो अलग-अलग कारणों से बच्चों को मोहता है। उदाहरण के लिए सुपरमैन और फैंटम ऐसे लड़ाका पात्र हैं जो बच्चों के भीतर बहादुरी, निडरता और विपरीत परिस्थिति में भी हिम्मत न हराते हुए, बड़े-बड़े काम करने का जज्बा पैदा करते हैं। ये पात्र बच्चों को अन्याय का विरोध और न्याय की रक्षा के लिए आगे आने के लिए प्रेरित करते हैं।

इस तरह के कॉमिक कैरेक्टर्स ने बच्चों को इतना प्रभावित किया कि अब हिंदी और अन्य भारतीय भाषाओं में भी बच्चों के लिए कार्टून धारावाहिक बनने लगे हैं। इस तरह के भारतीय कॉमिक पात्रों में चाचा चौधरी, बिल्लू, पिंकी खासे लोकप्रिय हैं। इनमें भारतीय परिवेश की झलक और परिस्थितियाँ नजर आती हैं, पर वे कई पीढ़ियों तक बच्चों के चहेते पात्र बने रह सकें, इसके लिए अभी बहुत कुछ किया जाना बाकी है।

इसके अलावा एक भारतीय पात्र और भी है, जो बच्चों के दिलों पर छाया हुआ है। सुपरमैन जैसा दिखने वाला और कुछ-कुछ वैसी ही शक्तियों वाला यह पात्र 'शक्तिमान' है। साफ लगता है कि इसके पीछे सुपरमैन का जादुई आकर्षण है। जैसा कि नाम से ही प्रकट है, यह असाधारण शक्तिशाली पात्र है जिसमें असाधारण जादुई शक्तियाँ हैं। ऐसे-ऐसे हैरतअंगेज काम यह चुटकी

बजाते कर देता है, कि बच्चे दाँतों में उँगली दबा लेते हैं। जाहिर है, बच्चे इसके दीवाने हैं। और उन्होंने इससे उस हिम्मत और बहादुरी का पाठ भी पढ़ा है, जो किशोर पीढ़ी की पहचान है। इससे यह भी पता चलता है कि आज की किशोर पीढ़ी में कल की तुलना में कहीं अधिक जोखिम से टकराने की हिम्मत है। इन पात्रों के अतिमानवीय या जादुई कारनामों को सच मानकर हुबहू दोहराने की जिद में बहुत-से बच्चों को अपनी जान गँवानी पड़ी। लिहाजा बच्चों के जेहन में यह बात डालने की जरूरत है कि ये पात्र जो जादुई कारनामे दिखा रहे हैं, वे सच नहीं हैं। हाँ, इनसे हिम्मती और दिलेर बनने की सीख जरूर लेनी चाहिए।

इसके अलावा छोटे परदे पर आने वाली बेताल कथाओं ने भी बच्चों को काफी प्रभावित किया है। इन कथाओं के नायक हैं राजा चंद्रगुप्त विक्रमादित्य। इन कथाओं में हम अकसर एक बेताल को राजा के कंधे पर बैठ, उससे बातें करते देखते हैं। फिर बातों-बातों में अचानक एक कहानी चल पड़ती है। राजा विक्रमादित्य बड़ी तल्लीनता से उसे सुनते हैं। कहानी सुनाने के बाद बेताल का सवाल सुनाई देता है कि राजन, मेरे प्रश्न का ठीक-ठीक जवाब दो, नहीं तो तुम्हारा सिर टुकड़े-टुकड़े हो जाएगा। राजा काफी सोच-विचारकर जवाब देता है। बेताल उनके जवाब से संतुष्ट हो जाता है... और फिर वह उसी पेड़ पर जा बैठता है। अगली रात बेताल फिर राजा के कंधे पर सवार दिखाई देता है और फिर नई कथा चल पड़ती है।

इसी तरह छोटे परदे पर दिखाएँ जाने के लिए बच्चों के कुछ और सीरियल और फिल्में बनीं। इनमें सई परांजपे द्वारा बनाई गई फिल्मों का ऊँचा स्थान है। इसके अलावा मुल्ला नसरुद्दीन सीरियल बना, जिसमें मुल्ला का रोल रघुवीर यादव ने किया और सचमुच उसने इस किरदार में जान डाल दी। इसके अलावा

इंद्रजाल कॉमिक्स भी छोटे परदे पर दिखाई दिया। फिल्मों में 'मकड़ी', 'भूत', 'सफेद हाथी', 'फुटबॉल की वापसी', 'छोटा चेतन' टीवी पर आकर ही चर्चित हुए। इनमें छोटा चेतन पहली थ्री-डी फिल्म है। इन सीरियलों और फिल्मों ने न सिर्फ आज के बच्चों की नई-नई समस्याओं को उठाया, बल्कि उनका भरपूर मनोरंजन भी किया। साथ ही बच्चों में पर्यावरण चेतना पैदा करने में इन फिल्मों और सीरियलों का बड़ा हाथ है।

इसके अलावा मोगली भी उन सीरियलों में से है, जिसने पिछले दस बरसों में बच्चों को बहुत अधिक प्रभावित किया है। मोगली के नायक का जवाब नहीं है। उसकी मासूमियत, सरलता और लोगों का भला करने का स्वभाव बच्चों पर गहरा असर डालता है। मोगली को यह रूप देने में गुलजार का भी योगदान है, जिन्होंने 'जंगल-जंगल बात चली है...' गाना लिखकर मोगली को एक अलग ही शख्सियत दी।

इसी तरह छोटे परदे ने बच्चों को अपनी धार्मिक परंपराओं से जोड़ने का महत्वपूर्ण काम भी किया। रामायण, महाभारत सरीखे सीरियल भले ही खासकर बच्चों के लिए नहीं बने थे, पर उन्हें देखने और उनका आनंद लेने वालों में बच्चों की संख्या काफी अधिक रही है। रामायण और महाभारत सीरियलों के बारे में यह बात कही जाती है कि जब ये सीरियल टीवी पर आते थे, तो सड़कों, गलियों में दूर-दूर तक सन्नाटा पसरा होता था। मानो हर कोई परदे से चिपककर बैठा है और इनमें बेशक बच्चों की संख्या बहुत अधिक होती थी। इसी तरह शुरुआती सीरियलों की बात करें, तो 'हम लोग' और 'बुनियाद' ने बड़ों के साथ-साथ बच्चों पर भी गजब की छाप छोड़ी। असल में इन कार्यक्रमों के पटकथा लेखक मनोहर श्याम जोशी छोटे परदे के जादूगर थे। उन्होंने इन सीरियलों को ऐसा पारिवारिक टच दिया कि बेशक बच्चे भी बड़ी

रुचि से इन्हें देखते थे और उन्होंने इनसे बहुत कुछ सीखा भी। उन दिनों बच्चों के लिए अलग से कार्यक्रम तो बनते नहीं थे। तो एक तरह से ऐसे पारिवारिक सीरियलों ने ही बच्चों के मनोरंजन की जिम्मेदारी ली। और फिर थोड़ा-थोड़ा रूप बदलते हुए बच्चों के मनोरंजन की यह दुनिया नए-नए सीरियलों की तलाश की ओर बढ़ी। इस लिहाज से पहले विदेशी कार्यक्रम आए, और फिर भारतीय भाषाओं में बच्चों के नए-नए कार्यक्रम बनने लगे। इनसे एक ओर बच्चे और उनकी दुनिया केंद्र में आई, तो दूसरी ओर बच्चों के सामने सीखने और जानने के अनंत मौके भी आए।

इसी तरह बच्चों के मन में कला और फिल्मांकन की तकनीकी समझ पैदा करने में भी छोटे परदे का बड़ा हाथ है। सीधी-सादी फिल्मों की जगह आज एनिमेशन फिल्मों का जमाना है और उनके प्रति रुचि पैदा करने का जिम्मा उठाया छोटे परदे ने। यह बच्चों की बदली हुई रुचियों का ही परिणाम है कि आज हि दी में भी एनिमेशन फिल्में बन रही हैं। 'हनुमान' इस तरह की पहली फिल्म है, जिसकी खासी धूम मची। 'हनुमान' भले ही बड़े परदे के लिए बनी एनिमेशन फिल्म है, पर छोटे परदे पर उसे काफी बच्चों ने देखा और पहली भारतीय एनिमेशन फिल्म की तकनीक का आनंद लिया। उसके बाद 'गणेश' एनिमेशन फिल्म बनी। और अब कृष्ण पर भी एनिमेशन फिल्म बनाने की तैयारी चल रही है। इस तरह की एनिमेशन फिल्में बच्चों की रुचियों में आए तेज परिवर्तन की गवाह भी हैं। आज के बच्चे परंपरा की जानकारी चाहते हैं, पौराणिक पात्रों और प्राचीन कथाओं में अब भी उनकी रुचि है, पर अब वे उन्हें अधिक कलात्मक रूपों में देखना पसंद करते हैं। और बच्चों की रुचियों में यह बदलाव छोटे परदे पर बच्चों के लिए देश-विदेश में बने तरह-तरह के सीरियलों को देखते हुए खुद-ब-खुद आया।

फिर भारतीय मिथक पात्रों में बहुत कुछ ऐसा भी है, जो एकदम अनूठा है और जिसमें चमत्कारी करतबों का ठीक-ठीक प्रस्तुतीकरण हो, तो दृश्य एकदम बदल सकता है। इस बारे में अमेरिका में हुआ एक अध्ययन महत्वपूर्ण है। पिछले दिनों हुए इस अध्ययन से यह आश्चर्यजनक बात सामने आई कि अमेरिकी बच्चों में भारतीय पौराणिक पात्रों का भारी क्रेज है। वहाँ इन भारतीय पात्रों ने सुपरमैन सरीखे पात्रों को भी काफी पीछे छोड़ दिया है। इसमें शक नहीं कि भले ही किसी भी नजरिए से देखा जाए, धार्मिक फिल्में और सीरियल अच्छी सीख भी देते हैं। उनसे बच्चे कुछ न कुछ नैतिक सीख तो लेते ही हैं।

एक महत्वपूर्ण बात और यह है कि पहले धार्मिक फिल्मों और सीरियलों को धार्मिक प्रभाव के लिए देखा जाता था। लिहाजा उनमें उपदेशात्मकता का खास पुट होता था। पर अब स्थिति बदल गई है। अब इस तरह की फिल्मों और सीरियलों में एक्शन और नाटकीय दृश्यों का आनंद लेने का भाव बढ़ रहा है। लिहाजा बच्चे उपदेश का भार उतारकर उनका कहीं अधिक आनंद ले पाते हैं।

यहीं छोटे परदे पर दिखाए जाने वाले सीरियलों के प्रभाव की भी चर्चा की जा सकती है। बेशक बच्चों ने इनसे बहुत कुछ सीखा है और जीवन के हर क्षेत्र में उनकी जानकारियाँ बढ़ी हैं। उनमें अधिक सयानापन और परिपक्वता आई है। पर इसके साथ ही एक गड़बड़ यह है कि बच्चों की अबोधता खत्म हो रही है। वे अपनी उम्र की तुलना में बड़ी तेजी से परिपक्व हो रहे हैं और मैदानों में खेलते-कूदते हुए जीवन का आनंद लेने का भाव खत्म होता जा रहा है। जो बच्चे बहुत समय तक छोटे परदे से चिपके रहते हैं, उनका संतुलित विकास नहीं हो पाता। यह भी पाया गया कि उनके भीतर तेजी से आगे बढ़ने की होड़ है और भावनाएँ खत्म होती जा रही हैं।

फिर छोटे परदे ने एक और मुश्किल कर दी है। वह यह कि बच्चे अकसर बड़ों के लिए बनी फिल्में और सीरियल भी देखते हैं। इनका बच्चों के मन पर अच्छा असर नहीं पड़ता। पर अच्छे-बुरे की ठीक समझ न होने से वे इन्हें छोड़ भी नहीं पाते। खासकर इन फिल्मों और सीरियलों में अपराध और हिंसा के दृश्य बच्चों के मन पर बहुत बुरा असर डालते हैं। इन्हें देखकर उनके कदम अपराध की ओर बढ़ जाएँ, तो आश्चर्य क्या!

पर इसे छोटे परदे का दोष मानना शायद ठीक नहीं है। यह दोष असल में तो इसलिए पैदा हुआ कि हम उनके लिए ऐसे रुचिकर कार्यक्रम और सीरियल नहीं बना पाए, जिन्हें वे ललककर देखते। लिहाजा जो कुछ उनके सामने आता है, वे उसी को देखते हैं, फिर भले ही इनका उनके व्यक्तित्व पर बुरा असर पड़े।अगर बच्चों के लिए ऐसे सीरियल बनें, जो मनोरंजन के साथ-साथ उनमें दूसरों के लिए प्यार, सम्मान और हमदर्दी जैसे भाव पैदा करे, तो उसका परिणाम निश्चय ही बेहतर होगा। तब छोटे परदे से वे बुराई कम, अच्छे और भले गुण ज्यादा सीखेंगे और जीवन के तमाम क्षेत्रों की नई-नई जानकारियाँ हासिल करेंगे।

बेशक छोटे परदे ने बच्चों की दुनिया को भीतर-बाहर से बहुत कुछ बदला है। छोटे परदे के कुछ खतरे भी हैं, पर इसमें शक नहीं कि उसने बच्चों को इतना कुछ सिखाया है कि उसकी तुलना में ये खतरे या बुराइयाँ बहुत छोटी हैं। हम अगर और जिम्मेदारी के साथ स्तरीय और रोचक कार्यक्रम बनाएँ, तो छोटा परदा सचमुच बच्चों के विकास में जादुई योगदान कर सकता है। ऐसे कार्यक्रम बच्चों के व्यक्तित्व और मनोवैज्ञानिक जरूरतों को ध्यान में रखकर बनाए जाएँ, तो बच्चे ललककर उन्हें देखना चाहेंगे। उनसे जीवन के नए-नए अनुभवों से वे जुड़ेंगे। खुशी है कि इसकी शुरुआत हो चुकी है।

6
कहानी रॉकेट की

मनुष्य ने अंतरिक्ष में उड़ने के लिए जितने यान बनाए, उनमें रॉकेट सबसे अद्‌भुत और निराला था। इसलिए कि पहली बार रॉकेट बनाते समय ही उसे अकूत ऊँचाइयों पर पहुँचाने का सपना देखा गया। और यही कारण है कि उसके निर्माण के समय इस महत्वपूर्ण वैज्ञानिक नियम का खयाल रखा गया कि किसी यान के पृथ्वी के गुरुत्वाकर्षण की सीमा से बाहार जाने के लिए एक तीव्र उछाल या अकूत बल की दरकार है। तभी वह अंतरिक्ष में जाकर दूसरे ग्रहों तक पहुँच सकता है। साथ ही पृथ्वी या अन्य ग्रहों की कक्षाओं में स्थित होकर सालों-साल परिक्रमा कर सकता है तथा ज्ञान-विज्ञान की दृष्टि से बड़ी अनमोल तथा युगांतकारी खोजें कर सकता हैं। इस लिहाज से रॉकेट मनुष्य के उड़न विज्ञान की सबसे बड़ी उपलब्धि है, जिसने मनुष्य के लिए 'अंतरिक्ष युग' के द्वार खोल दिए।

आज हम जिस युग में रह रहे हैं, उसे 'अंतरिक्ष-युग' कहा जाता है और इसका श्रेय बेशक रॉकेट के आविष्कार को ही है। पर बहुत से लोगों को यह जानकार आश्चर्य होगा कि इस रॉकेट के जन्मदाता कोंस्तांतीन ई.

सियोलकोवस्की इतनी बदहाली में रहते थे कि उनके पास ठंड से बचाव के लिए ठीक-ठाक कपड़े तक नहीं थे। उन्हें स्कूल-कॉलेज में विधिवत शिक्षा हासिल करने के लिए भी बेहद गरीबी की यंत्रणाओं का सामना करना पड़ा था। और यहाँ तक कि रॉकेट के आविष्कार के लिए अपनी साधनहीनता के कारण उन्हें सिलसिलेवार प्रयोग करने का भी अवसर नहीं मिला। सिर्फ अपनी कॉपी पर गणना करते-करते और नक्शे बनाते-बनाते उन्होंने रॉकेट का आविष्कार कर डाला। एक ऐसा आविष्कार, जिसके बाद दुनिया भर के लिए अंतरिक्ष में उड़ानें भरना और चाँद पर जाना मानो एक खेल हो गया। और अब तक अंतरिक्ष-पर्यटन तथा अंतरिक्ष में बस्तियाँ बसाने की बाकायदा तैयारी चल रही है। पर बगैर रॉकेट के क्या इसकी कल्पना की जा सकती थी?

कोंस्तांतीन सियोलकोवस्की बचपन में ही बड़े जिज्ञासु और खोजी प्रवृत्ति के थे। इसलिए साधनहीन होते हुए भी उनके विचार दूर-दूर तक उड़ते थे। एक बार उन्होंने रात के अँधेरे में तारों को देखा तो उन्हें लगा, तारे उन्हें बुला रहे हैं। झट उसी समय उनके मन में विचार आया कि क्या हम चाँद-तारों तक नहीं पहुँच सकते। भला क्यों नहीं पहुँच सकते? उस क्षण उन्हें ऐसा रोमांच महसूस हुआ कि जैसे पूरे शरीर में बिजली कौंध गई हो। सच तो यह है कि उनके मन में रॉकेट की खोज का बीज उसी समय पड़ा। उन्हें याद आया कि बचपन में रस्सी में पत्थर बाँधकर उसे चारों और घुमाते हुए वे दूर फेंकते थे। रस्सी को वे इस तरह घुमाते थे कि रस्सी के हाथ से छूट जाने पर पत्थर खुद-ब-खुद बड़ी दूर चला जाता था। क्या इसी तरह किसी यान को अंतरिक्ष में नहीं भेजा जा सकता? यह सोचना ही सियोलकोवस्की को बेहद उत्तेजना से भर गया। और उसी क्षण उनका जीवन मानो अंतरिक्ष और अंतरिक्ष-यात्रा के लिए समर्पित

हो गया।

कुछ बड़े होने पर भयानक गरीबी के बावजूद उनके पिता ने उन्हें मास्को विश्वविद्यालय में पढ़ने भेजा। वहाँ वे काली ब्रेड खाकर किसी तरह अपनी भूख मिटाते और बाकी समय में अंतरिक्ष से संबंधी किताबें पढ़ते रहते या मन ही मन अंतरिक्ष में उड़ानें भरने के लिए गणनाएँ करते रहते। साथ ही उसके लिए इस्तेमाल हो सकने वाले वायुयान के चित्र और नक्शे बनाते रहते। एक दिन वे पार्क में बैठे थे, तभी उन्होंने देखा कि एक स्कूल वैन से एक बच्चा पीछे की ओर कूदा। इससे वैन कुछ आगे चली। तुरंत उन्हें न्यूटन के तीसरे नियम की याद आई कि बल लगने से विपरीत दिशा में समान प्रतिक्रिया होती है। और फिर उन्हें लगा कि क्या इसी सिद्धांत से रॉकेट नहीं बन सकता? जितना तेज बल लगाकर वे छोड़े जाएँगे, उतनी ही तेज गति से चलते हुए वे अंतरिक्ष में स्थापित हो जाएँगे।

उन्होंने इसके लिए रॉकेट छोड़ने के यंत्र की कल्पना की और एक नहीं, बल्कि एक के बाद एक कई रॉकेटों की सीरीज का विचार उनके मन में आया। अगर ये रॉकेट एक के बाद एक छोड़े जाएँ, तो उनमें सबसे अंतिम रॉकेट अंतरिक्ष की कक्षा में जाकर स्थापित हो जाएगा। यही नहीं, बल्कि इसके लिए अंतरिक्ष यात्रियों को किस तरह के कपड़े पहनने होंगे? कैसे वातावरण में रहने का अभ्यास करना होगा? यहाँ तक कि जमीन पर उतरने के बाद उन्हें क्या-क्या सावधानियाँ रखनी होंगी और कैसे नीचे उतरना होगा? इसके बारे में भी उन्होंने एकदम सही और आश्चर्यजनक बातें बताईं।

उस समय रूसी सेना के पास रॉकेट थे, पर वे अंतरिक्ष में नहीं भेजे जा सकते थे। सियोलकोवस्की का कहना था कि उनमें ठोस ईंधन होने के कारण

वे काफी भारी होते हैं। इसीलिए अंतरिक्ष में नहीं भेजे जा सकते। इसकी बजाय यदि उनमें द्रव ईंधन भरा जाए, तो वे काफी हलके हो सकते हैं। उन्होंने इसके लिए द्रव हाइड्रोजन और ऑक्सीजन को ईंधन के रूप में इस्तेमाल करने की सलाह दी। अंतरिक्ष-यात्रा के अपने गंभीर शोध को उन्होंने पचास पेज के लंबे परचे में रोचक ढंग से लिखा। जब बड़े-बड़े वैज्ञानिकों के बीच उन्होंने इसे पढ़ा, तो वे उनकी स्थापनाओं से चकित रह गए। सियोलकोवस्की अंतरिक्ष और अंतरिक्ष-यात्रा से जुड़ी एक-एक चीज का इस तरह वर्णन कर रहे थे, मानो अंतरिक्ष में खड़े होकर वे आसपास का नजारा ले रहे हों और खुली आँखों से देखकर हरेक चीज का वर्णन कर रहे हों।

तो भी यह आश्चर्य की बात है कि सियोलकोवस्की और उनकी खोजों को बहुत अधिक महत्व नहीं मिला, जिसके वे हकदार थे। उन्होंने अंतरिक्ष-यात्रा पर जो महत्वपूर्ण शोध पत्र लिखे, वे यहाँ-वहाँ धूल खा रहे थे और किसी का उनकी तरफ ध्यान नहीं था।

बाद में सोवियत संघ की स्थापना होने पर सभी का ध्यान इस महान अंतरिक्ष विज्ञानी की ओर गया। उनके शोध-पत्रों के गंभीर अध्ययन से पाया गया कि वाकई अंतरिक्ष में यात्रा संभव है और ऐसे अंतरिक्ष-यान बनाए जा सकते हैं जिनकी संपूर्ण कल्पना सियोलकोवस्की के परचों में हैं।

आखिर 1932 में सियोलकोवस्की को 'रॉकेट का जनक' कहकर सम्मानित किया गया। सन 1935 में उनकी मृत्यु हुई। उनकी मृत्यु के कोई पंद्रह-बीस वर्ष बाद अंतरिक्ष-यात्रा संभव हुई तथा उसी तरह के यान से हुई जिसकी कल्पना इस स्वप्नदर्शी वैज्ञानिक ने की थी। बगैर ठोस प्रयोग के भी सियोलकोवस्की की अंतरिक्ष और अंतरिक्ष-यात्रा की कल्पना इतनी पूर्ण थी कि

उसे देखकर लोग चकित रह गए।

सच तो यह है कि हमारी दुनिया को अंतरिक्ष-युग में ले जाने के लिए अगर किसी एक को श्रेय दिया जाए, तो वे कोस्तांतीन सियोलकोवस्की ही हैं, जिन्होंने इतनी कठिन और विपरीत स्थितियों में रहकर भी आदमी के एक बड़े सपने को साकार कर दिखाया। इसीलिए आज इतनी कृतज्ञता से भरकर हम उन्हें याद करते हैं।

7
कहानी राडार की

आज के अंतरिक्ष–युग में प्रकृति, मौसम और अंतरिक्ष के संबंध में तमाम रहस्यों से परिचित हम न हो पाते, अगर राडार का आविष्कार न होता। मजे की बात यह है कि राडार का आविष्कार युद्ध में शत्रु–सेना के जहाजों का पता लगाने और उन्हें नष्ट करने के लिए किया गया था, पर बाद में शांतिपूर्ण कार्यों के लिए उसका प्रयोग बढ़ता ही गया। और अब तो प्रकृति और मौसम संबंधी ज्ञान और भविष्यवाणियों के लिए, यहाँ तक कि वायुयान से निकट के उपग्रहों का चित्र लेने में भी राडार का इस्तेमाल होता है। राडार की खोज जिस धुनी वैज्ञानिक ने की, वे थे रॉबर्ट वाट्सन वाट और उन्होंने एक ऐसा यंत्र बना डाला, जिसके संभावित प्रयोगों के बारे में, संभव है, वे स्वयं भी न जानते हों!

13 अप्रैल 1892 को स्कॉटलैंड में एक बढ़ई परिवार में जनमे वाट्सन वाट में बचपन से ही कोई बड़ा काम करने की धुन थी। वे इंजीनियर बनना चाहते थे और किसी ऐसे क्षेत्र में काम करना चाहते थे जिसमें अभी तक किसी ने काम न किया हो। इंजीनियरिंग की डिग्री हासिल करने के बाद उन्हें रॉयल एयरक्राफ्ट एस्टेब्लिशमेंट में नौकरी मिली तो उन्होंने खुशी से इसे स्वीकार कर

लिया। उन्हें मौसम विज्ञान विभाग में काम करना था। उन्हीं दिनों एक समस्या सभी को परेशान कर रही थी। रेडियों तरंगों के जरिए संदेश भेजने के लिए जिस बेतार पद्धति का इस्तेमाल होता था, उनमें अनावश्यक आवाजों की वजह से बड़ी मुश्किल आ रही थी। इसे 'वायुमंडलीय शोर' कहा गया। मौसम विज्ञान के कुछ अधिकारी यह मानते थे कि यह वायुमंडलीय शोर बादलों के आने का संकेत या पूर्वानुमान है। पर इस बात की पुष्टि नहीं हो पा रही थी। यह काम रॉबर्ट वाट्सन वाट के मन का था और वे पूरी तरह इस समस्या के हर पहलू को जाननें और इसका हल खोजने में जुट गए। आखिर वे इस निष्कर्ष पर पहुँचे कि बादलों के गरजने के समय जो बिजली कड़कती है, उसी के कारण यह शोर उत्पन्न होता है। यानी दूसरे शब्दों में यह शोर दूर कहीं बिजली कड़कने का संकेत भी है। उन्होंने इसका पता लगाने के लिए जो यंत्र बनाया, वह 7500 किलोमीटर दूर आकाश में कड़कने वाली बिजली का भी पता लगा सकता था।

कुछ दिनों बाद जर्मनी से युद्ध छिड़ जाने के बाद ब्रिटेन सरकार परेशान थी और ऐसे यंत्र की खोज में थी, जिससे शत्रु को छकाया जा सके। वाट्सन वाट ने सरकार को बताया कि वे एक ऐसा यंत्र बना सकते हैं जो आकाश में शत्रु के जहाजों की ठीक-ठीक स्थिति का पता लगा सकता है। फिर उन्हें अपने निशाने की जद में लेना आसान होगा। ब्रिटिश सरकार ने उन्हें जल्दी से जल्दी ऐसा यंत्र तैयार करने की सलाह दी और इसके लिए सारे साधन भी जुटाए। उनके इन प्रयोगों और यंत्र की जानकारी को भी एकदम गुप्त रखा गया। आखिर जल्दी ही वाट्सन वाट ने अपना अनोखा यंत्र राडार बना लिया, जिसकी सहायता से आकाश में शत्रु के जहाजों को बड़ी आसानी से टोहा जा सकता है।

इस यंत्र में दो भाग होते थे। एक से रेडियो किरणें भेजी जाती थीं। वे जहाज के पंखों से ठीक शीशे की तरह परावर्तित होकर लौटतीं, तो यंत्र का दूसरा भाग उन्हें ग्रहण करता और इसके साथ ही आकाश में जहाज की ठीक-ठीक स्थिति दर्ज हो जाती। यह यंत्र सचमुच युद्ध में ब्रिटिश वायुसेना के बहुत काम आया। जर्मनी के बहुतेरे वायुयान इसी से पता लगाकर नष्ट किए जा सके। फिर एक मुश्किल आई कि यह कैसे पता चले कि आकाश में कौन सा जहाज ब्रिटिश वायुसेना का है और कौन सा जर्मनी का? यह पता लगाने के लिए ब्रिटश जहाजों पर कुछ खास तरह के रेडियो सिग्नल लगाए गए। उनसे टकराने के बाद राडार झट बता देता कि यह जहाज मित्र जहाज है, शत्रु-सेना का नहीं है।

खुशी की बात है कि आज राडार का इस्तेमाल युद्ध में जितना होता है, उससे अधिक आदमी के रोजमर्रा के जीवन को सुखी बनाने के लिए। मौसम, बादलों और आकाश के बारे में जानकारी देने में यह लासानी है और इससे आने वाले दिनों में मौसम का पूर्वानुमान भी लगाया जा सकता है। हजारों मील दूर कड़कती बिजली के बारे में इसके जरिए हम ठीक-ठीक बता सकते हैं और इसका मौसम पर क्या प्रभाव होने वाला है, यह भी। अंतरिक्ष यानों में पास के उपग्रहों का चित्र लेने में भी अब राडार का इस्तेमाल होने लगा है। और यों वह यंत्र जो शत्रु से सुरक्षा के लिए बना था और सिर्फ युद्धों में काम आने वाला लगता है, आज आदमी के जीवन को आरामदायक बनाने में बड़ी भूमिका निभा रहा है।

सन 1973 में इस अनोखे यंत्र के आविष्कारक वाट्सन वाट का निधन हुआ, जिन्होंने साबित कर दिया कि एक धुनी आदमी चाहे तो बहत कुछ करके दिखा सकता है। उनके बनए गए राडार का इस्तेमाल आज जीवन के विभिन्न क्षेत्रों में हो रहा है। इसलिए उनके इन आविष्कार का महत्व भी बढ़ता जा रहा है।

8
विज्ञान का आश्चर्यलोक

मनुष्य और टेक्नोलॉजी की दोस्ती हजारों बरस पुरानी है। आज से हजारों बरस पहले जब आदि मानव ने यह जाना कि किसी पेड़ के भारी तने को उठाकर एक जगह से दूसरी जगह ले जाने के बजाए, किसी मजबूत डंडे या बाँस के सहारे लुढ़काते हुए ले जाना ज्यादा सुविधाजनक है, तो एक तरह से उसने टेक्नोलॉजी के प्रारंभिक रूप का ही इस्तेमाल किया था। इसी तरह पहलेपहल जब उसने पहिए की खोज की, तो उसने टेक्नोनॉली के क्षेत्र में एक ऐसा आविष्कार किया, जिसने आगे चलकर दुनिया की शक्ल बदल दी। बाद में बैलगाड़ी, घोड़ागाड़ी जैसे वाहन बने, तो पहिए को गति मिल गई और दुनिया कहीं अधिक तेजी से चलती नजर आने लगी।

आगे चलकर उन्नीसवीं सदी में सबसे क्रांतिकारी समझे जाने वाले रेलगाड़ी के आविष्कार के पीछे भी कहीं न कहीं पहिए के आविष्कार की कहानी ही है। रेलगाड़ी की कहानी एक तरह से पहिए और भाप की कहानी है। रेलगाड़ी के पहिए का रेल की पटरियों पर चलना आसान है—इस तथ्य का मेल जब इस बात से हुआ कि भाप की शक्ति से पहिए को आगे दौड़ाया जा सकता है,

तो फिर रेलगाड़ी के बनते देर न लगी।

आज यह सोचकर हैरानी होती है कि शुरू में रेलगाड़ी का बहुत ज्यादा विरोध हुआ था। कुछ लोग तो इस धुआँ उड़ाती अजीब सी भारी शै को भूत ही समझ बैठे थे। दूर से सीटियाँ मारकर दौड़ते आते रेल के काले, भारी-भरकम इंजन को देखकर खौफ के मारे कइयों की जान तक चली गई। पर रेलगाड़ी का उपयोग और फायदे इतने ज्यादा थे कि यह विरोध ज्यादा देर तक नहीं टिक सका। जल्दी ही यह लोगों का सर्वप्रिय वाहन बन गया। बल्कि यातायात के तमाम नए-नए साधनों के ईजाद हो जाने के बावजूद, आज भी इसे जनता का सबसे लोकप्रिय वाहन समझा जाता है, जिसके बगैर हमारा काम बिलकुल नहीं चलता।

और उसमें विकास भी निरंतर होता रहता। भाप के छुक-छुक करते इंजन का जमाना गया और खासी रफ्तार से चलने वाले बिजली के इंजन आ गए। आज तो कोई पाँच सौ किलोमीटर प्रति घंटे की चाल से दौड़ने वाली रेलगाड़ियाँ बनाई जा चुकी हैं, जो न सिर्फ आश्चर्यजनक तेजी से मंजिल तक पहुँचा देती हैं, बल्कि अत्यंत सुरक्षित भी हैं। फ्रांस और जापान जैसे मुल्कों में कल्पनातीत तेजी से दौड़तीं ये रेलगाड़ियाँ किसी आश्चर्यलोक की तरह लगती हैं। यहाँ तक कि पहाड़ों तक भी रेलगाड़ियाँ जा पहुँची हैं। तिब्बत में चीन द्वारा चलाई गई रेल अब तक की दुनिया की सबसे ऊँचाई पर चलने वाली रेल है। आधुनिक टेक्नोलॉजी का कमाल यहीं नहीं थमा। बल्कि समुद्र के भीतर निर्वात पैदा करके, ऐसी रेलगाड़ियाँ चलाने की कोशिश हो रही है, जो धरती पर चलने वाली रेलगाड़ियों से करीब आठ गुनी तेजी से चलें। यह प्रयोग सफल हुआ, तो इसे 'मनुष्य की धुन और टेक्नोलॉजी की महान विजय' कहा जाएगा!

बिजली से चलने वाली रेलगाड़ियों ने प्रदूषण कम करने में भी बड़ी भूमिका

निभाई। इस लिहाज से आधुनिक टेक्नोलॉजी की पताका लहराती दिल्ली की मेट्रो रेल का खासकर जिक्र किया जा सकता है। मेट्रो रेल ने न सिर्फ दिल्ली को काफी हद तक प्रदूषण से मुक्ति दिलाई, बल्कि यातायात की भारी समस्या को भी हल कर दिखाया। यही नहीं, बल्कि मेट्रो रेल का अनोखा ट्रेक खुद में एक अजूबे से कम नहीं है। मानो दिल्ली जैसे अति व्यस्त महानगर में चलने के बावजूद मेट्रो रेल ने किसी भी बाधा को मानने से इनकार कर दिया। हर मुश्किल, हर बाधा को फलाँगते हुए वह आगे बढ़ी।

दिल्ली में मेट्रो ट्रेक के लिए हर जगह समतल जमीन मिल पाना मुश्किल था। लिहाजा कहीं यह रेल जमीन के ऊपर चली और कहीं जमीन के नीचे। यहाँ तक कि जमीन से कोई पाँच मंजिल नीचे इसे राह बनानी पड़ी और नई टेक्नोलॉजी के बढ़िया इस्तेमाल से उसने यह चमत्कार कर दिखाया। यों मेट्रो ने साबित कर दिखाया कि आज के समय में आदमी टेक्नोलॉजी के जरिए वे तमाम काम कर सकता है, जिन्हें कल तक अस भव मान लिया गया था। यह सच में जादू का हकीकत में बदलना है।

इसी तरह नई टेक्नोलॉजी का इस्तेमाल देखने के लिए कार के शुरुआती और आज के रूप को देखा जा सकता है। उस समय इतने भारी इंजन बनते थे कि कार चलाना एक मुसीबत से कम नहीं था। यहाँ तक कि भीड़-भाड़ वाली जगहों पर कार चलाना इतना मुश्किल था कि ड्राइवर के पास बड़ा सा टोप पहने एक आदमी को सिर्फ इसलिए बैठाया जाता था कि वह बीच-बीच में नीचे उतरकर, भीड़ को हटाकर रास्ता बनाता चले। घोड़ाबग्घी छोड़कर कार का इस्तेमाल करने वाले लोग तब खासे सनकी माने गए, पर कार ने यातायात की दुनिया में लगभग क्रांति कर दी।

हवाई जहाज की कहानी भी कम रोचक नहीं। असल में शुरू से ही पक्षियों

को देखकर आदमी के मन में यह विचार उठा कि काश, वह भी हवा में उड़ सकता! यहाँ तक कि पक्षियों के पंखों को शरीर से बाँधकर उड़ने की कोशिश भी हुईं। लेखकों ने आदमी के उड़ने की इच्छा के आधार पर कविताएँ लिखीं, जबकि वैज्ञानिकों ने टेक्नोलॉजी के बेहतर इस्तेमाल से आदमी की इस इच्छा को साकार करने की कोशिश की। किस्म-किस्म के प्रयोग किए गए। इस मामले में लियोनार्डो द विंची का नाम भी लिया जाता है। लियोनार्डो द विंची एक बड़े कलाकार होने के साथ-साथ वैज्ञानिक भी थे। उन्होंने पक्षियों के उड़ने के ढंग का अध्ययन करने के लिए ढेर सारे पक्षियों को एक पहाड़ पर ले जाकर एक साथ छोड़ा। वे यह जानना चाहते थे कि आखिर किस तरह के कृत्रिम पंखों का इस्तेमाल करके आदमी ठीक पक्षियों की तरह उड़ सकता है।

कृत्रिम पंखों के सहारे उड़ने की कोशिशें तो ज्यादा कामयाब नहीं रहीं, पर गुब्बारे में हवा भरकर उड़ने की कई वैज्ञानिकों की कोशिशें किसी हद तक कामयाब हुईं। इसी सिद्धांत पर आगे ग्लेडियर भी बने। कई धुनी लोगों ने ग्लेडियर पर बैठकर उड़ने की कोशिश की। इसमें दुर्घटना की आशंका काफी अधिक थी, और कई लोगों को इन कोशिशों में अपनी जान से भी हाथ धोना पड़ा। पर उड़ने के शौकीन लोगों ने तब भी हिम्मत नहीं हारी। जैपलिन नाम के वैज्ञानिक ने हाइड्रोजन गैस भरकर जहाज उड़ाकर दिखाया, पर हाइड्रोजन ज्वलनशील गैस है। लिहाजा इसमें खतरा भी कम न था। इसलिए कुछ वैज्ञानिकों ने हाइड्रोजन की जगह हीलियम गैस का इस्तेमाल करके वायुयान उड़ाकर दिखाया।

बाद में राइट बंधुओं ने सचमुच हवाई जहाज उड़ाकर दिखा दिया, जो आज के वायुयानों का प्रारंभिक रूप था। ये साइकिल मरम्मत का काम करने वाले एक पादरी के बेटे थे और खासे धुनी थे। ग्लेडियर के मौजूदा रूप को देखकर

इनके मन में आया कि क्यों न इसमें सुधार करके हवाई जहाज बनाया जाए। राइट बंधुओं के पास इस तरह के प्रयोगों के लिए पैसा नहीं था। इस संकट में उनकी बहन ने मदद की। और फिर वह दिन भी आया, जबकि मैदान में हजारों लोगों की भीड़ के बीच उन्होंने हवाई जहाज उड़ाकर दिखा दिया। राइट भाइयों का जहाज सिर्फ 12 सेकंड तक उड़ पाया, और उसने कुछ मीटर दूरी ही तय की। लिहाजा उन पर फब्तियाँ कसने और मजाक उड़ाने वाले लोग भी कम न थे। पर सच यह है कि इस हवाई उड़ान ने धरती पर एक नया इतिहास रचा।

जल्दी ही राइट बंधुओं ने इसमें सुधार किया। फिर तो तेज उड़ानें भरने वाले एक से एक सक्षम हवाई जहाज बने। और आज तो ध्वनि की गति से उड़ने वाले हवाई जहाज और रॉकेट भी बनाए जा चुके हैं। यातायात के इन्हीं आश्चर्यजनक साधनों से आदमी न सिर्फ चाँद तक पहुँचा, बल्कि वहाँ बस्तियाँ बसाने की तैयारियाँ चल रही हैं। भारत भी अपने अंतरिक्ष अभियानों में अब नई से नई सफलताएँ हासिल कर रहा है। आर्यभट, भास्कर, एपल, रोहिणी और इनसेट भारत के वे उपग्रह हैं, जो अंतरिक्ष अध्ययन तथा मौसम का हाल जानने के साथ-साथ दूर-दूर के इलाकों में प्रसारण, शिक्षा जैसे बहुतेरे कामों में बड़ी भूमिका निभा रहे हैं।

हवा में उड़ने की तरह नदियों और समुद्र की विशाल जलराशि पर तैरते हुए, आगे बढ़ना भी आदमी के पुराने सपनों में से एक है। किसी तैरते हुए लकड़ी के टुकड़े को देखकर ही शायद सबसे पहले आदमी के मन में नाव बनाने का खयाल आया होगा। शुरू में छोटी-छोटी डोंगियाँ और नावें बनाई गईं, तो आगे चलकर पानी के विशाल जहाज भी बने। आज से सदियों पहले से ये पानी के जहाज चलते आ रहे हैं। भारत और अन्य देशों के प्राचीन साहित्य में इनका वर्णन भी खूब मिलता है। जिस समय वास्कोडिगामा भारत आया था, उस समय

भारत के काफी जहाज विदेश में व्यापार के लिए जाते थे। व्यापार और यातायात के लिए उस समय जहाजों का इस्तेमाल आम हो चुका था। इससे पता चलता है कि भारत में सदियों पहले जहाज निर्माण-कला का विकास हो चुका था।

आज से कोई दो हजार बरस पहले भोज का लिखा 'युक्ति कल्पतरु' ग्रंथ मिलता है। जहाजों की संरचना और बनाने की विधियों का वर्णन के लिहाज से यह सबसे प्राचीन प्रामाणिक ग्रंथ माना जाता है। इसे पढ़कर पता चलता है कि प्राचीन काल में भारत इस मामले में काफी बढ़ा-चढ़ा था। 'युक्ति कल्पतरु' में उस समय के सामान्य और विशेष दोनों प्रकार के जहाजों के बारे में खासी जानकारी मिलती है। सामान्य जहाज आसपास की यात्राओं के लिए बने होते थे और विशेष जहाज लंबी समुद्री यात्राओं के लिए। सामान्य जहाजों की कई किस्में हुआ करती थीं, जिनमें 'क्षुद्र' सबसे छोटा और 120 हाथ लंबा 'मंथरा' सबसे बड़ा जहाज था। इसी तरह विशेष जहाजों की दीर्घा, उन्नता आदि कई किस्में थीं।

अलग-अलग कामों के लिए अलग-अलग ढंग के जहाज बनते थे। यात्री जहाज और युद्धपोतों के डिजाइन और खासियतें अलग-अलग होती थीं और उनके निर्माण के लिए इस्तेमाल होने वाली लकड़ी भी अलग-अलग होती थी। इन्हें सुविधाजनक बनाने के लिए सब तरह के साधन उपलब्ध होते। यात्रियों के बैठने के लिए अलग-अलग केबिन होते थे। सुरक्षा के लिहाज से मुख्य केबिन कुछ जहाजों में मध्य में होता था, तो कुछ के सामने वाले हिस्से में।

यहाँ तक कि अलग-अलग काम के लिए इस्तेमाल होने वाले जहाजों को बनाने के अलग-अलग तरीके भी ईजाद किए गए। उनके डिजाइन और इस्तेमाल होने वाली लकड़ी उन जहाजों में भिन्न थी, जो सामान्य लोगों को ले जाने के लिए बनते थे। इसी तरह राजाओं और राज परिवार के लोगों को ले

जाने के लिए बनने वाले जहाजों में सुरक्षा के लिहाज से स्थापत्य, डिजायन और तकनीकी भिन्नताएँ रहती थीं।

चंद्रगुप्त मौर्य के समय में भारत का जहाजी बेड़ा विश्वप्रसिद्ध था, जिसका इस्तेमाल खासकर विदेशों से व्यापार आदि में होता था। बौद्ध काल में बंगाल के राजा सिंहबाहु के समय में समुद्री जहाज पर सात सौ यात्रियों की लंका-यात्रा का उल्लेख मिलता है। इससे जहाज के आकार का अनुमान लगाया जा सकता है। कुषाण काल और हर्षवर्धन के समय में भी समुद्री यात्राओं का वर्णन मिलता है। बाद में चलकर मुगल काल में खासकर अकबर के समय भारत का जहाजी बेड़ा इतना उन्नत था कि जहाजों के रख-रखाव और कर वसूलने के लिए उसे एक अलग विभाग ही बनाना पड़ा। इसी तरह इतिहास-ग्रंथों में शिवाजी के जहाजी बेड़े का भी बड़ा विस्तृत ब्योरा मिलता है, जिससे पता चलता है कि भारत प्राचीन और मध्य काल में समुद्री यात्राओं के मामले में सिरमौर माना जाता था। अनेक विदेशी यात्रियों और विद्वानों ने भी भारत के जहाजी बेड़े की तारीफ की है।

भारत की तरह मिस्र और रोम में भी प्राचीन काल में समुद्री जहाज बनने लगे थे। आगे चलकर स्पेन और पुर्तगाल इस क्षेत्र में काफी आगे निकल गए। इस मामले में कोलंबस और वास्कोडिगामा की समुद्री यात्राओं ने सारी दुनिया का ध्यान आकर्षित किया। सत्रहवीं शताब्दी में इंग्लैंड ने हलके पानी के जहाज बनाने में सफलता हासिल की, जिसके जरिए इंग्लैंड का व्यापार दुनिया के तमाम देशों में फैला।

शुरू में पाल वाले जहाज ही चलते थे, पर आगे चलकर भाप से चलने वाले इंजन बनाए गए, जिनके जरिए पानी के जहाजों को चलाने की कोशिशें हुईं। 1790 में रैम्जे जेम्स और जॉन फिच ने इस तरह की कोशिशें कीं। पर उन्हें

अधिक सफलता नहीं मिली। 19वीं सदी की शुरुआत में अमरीकी वैज्ञानिक रॉबर्ट फुल्टन ने भी भाप के इंजन के सहारे जहाज चलाने की कोशिश की। शुरू में उसे भी असफलताएँ मिलीं। एक बार तो भाप के भारी इंजन के कारण जहाज डूब भी गया। पर अंततः उसे सफलता मिली। जब उसने भाप के इंजन के सहारे 32 घंटे में ढाई सौ किलो मीटर की दूरी तय करके दिखा दी, तो लोग चमत्कृत रह गए। इसके बाद डीजल से चलने वाले इंजन बने और उनके सहारे समुद्री यात्राएँ कहीं अधिक सुगम हो गईं।

अंग्रेजों के समय भारतीय जहाजरानी का न सिर्फ काफी विकास हुआ, बल्कि उसे आधुनिक रूप भी मिला। अंग्रेजों ने देखा कि मुंबई में भारत का पारसी परिवार जहाज निर्माण की तकनीक में काफी दक्ष है। इस परिवार के मुखिया थे लावजी नसखानजी। अंग्रेज नौसेना के लिए उन्होंने नौ सौ टन के दो विशाल जहाज बनाए। तब उन्हें जहाज बनाने का आदेश दिया गया। आखिर उन्होंने जहाज बनाने की एक कंपनी बनाई। अपने दो नातियों फ्रामजी मानेकजी और जमशेदजी बोमेनजी को भी इसमें शामिल किया और रॉयल इंडियन नेवी का अत्यंत विशाल और सक्षम जहाजी बेड़ा बनाने में मदद की। आजादी के बाद भारत में चार जहाज निर्माण गोदियाँ जहाज बनाने के काम में जुटीं। जहाजरानी के विकास के लिए हिंदुस्तान शिपयार्ड लि. की स्थापना की गई। कोचीन, कलकत्ता, मुंबई और विशाखापत्तनम में जहाज बनाने के कारखाने स्थापित हुए।

असल में बँटवारे के समय भारत के हिस्से कुल बीस जहाज आए थे। कुछ समय बाद ब्रिटेन से तीन और जहाज खरीदे गए। ये थे—'राजपूत', 'रणजीत' और 'राणा साँगा'। आगे चलकर वायुयान वाहक जहाज हरकुलीज खरीदा गया, जो भारत का पहला युद्धपोत था। इसका नाम रखा गया, 'विक्रांत'। आज तो

इससे भी विकसित युद्धपोत भारतीय नौसेना में हैं। इसी तरह समुद्र का अध्ययन करने के लिए विशेष उपकरणों से सज्जित भारत के 'गवेषणी', 'सागर-कन्या' और 'सागर-संपदा' नाम के तीन जहाज रात-दिन अपने अभियान में जुटे हैं।

पानी के जहाजों की तरह पनडुब्बी का भी अपना इतिहास है। पनडुब्बी का अर्थ है पानी के भीतर चलने वाला जहाज। पनडुब्बियों का इस्तेमाल एक ओर समुद्र और समुद्री प्राणियों के अध्ययन के लिए होता है, तो दूसरी ओर युद्ध के लिए भी उनका इस्तेमाल होता है, ताकि शत्रु के जहाजों की टोह ली जा सके और उन्हें नष्ट किया जा सके।

शुरू में पनडुब्बियाँ युद्ध के लिए नहीं बनी थीं, पर बाद में युद्ध के लिए उनका खासा इस्तेमाल होने लगा। सत्रहवीं शताब्दी में डचमैन कार्नेलियस ने सबसे पहले पनडुब्बी बनाने में कामयाबी हासिल की। हालाँकि इसमें काफी खामियाँ थीं। डेढ़ सौ वर्ष बाद एक अमरीकी डेविड बुशनेल ने इसमें सुधार किए। इससे पनडुब्बियाँ अधिक सुरक्षित और कारगर बनीं। कुछ आगे चलकर स्टीम बोट के आविष्कारक रॉबर्ट फुल्टन ने कुछ और प्रयोग किए। उसने कुछ-कुछ बेलनाकार आकार की अच्छी पनडुब्बियाँ बनाईं। 1977 में अंग्रेज जेपी हाल्डेन ने 18 मीटर लंबी पनडुब्बियाँ बनाने में कामयाबी हासिल की। तकनीकी दृष्टि से ये काफी उन्नत थीं।

आजकल तो ऐसी पनडुब्बियाँ भी बनने लगी हैं, जिनके जरिए आणविक अस्त्रों से हमला किया जा सके। पनडुब्बी से पानी के जहाजों पर हमला करने के लिए जिस अस्त्र का इस्तेमाल किया जाता है, उसे तारपीडो कहा जाता है। इसलिए पनडुब्बियाँ आज नौसेना का अनिवार्य हिस्सा बन चुकी हैं। भारतीय नौसेना भी इन दिनों पनडुब्बियों से पूरी तरह सज्जित होकर, सक्षम और शक्तिशाली बन चुकी हैं। यों आजकल नवीनतम टेक्नोलॉजी से संपन्न ऐसे

समुद्री जहाज भी बनने लगे हैं, जो दूर-दूर तक पनडुब्बियों की टोह लेते चलते हैं और उन्हें नष्ट कर डालते हैं।

यातायात के इन जादुई आविष्कारों के बावजूद गुब्बारे के जरिए उड़ने की आदमी की इच्छा अभी थमी नहीं है। पिछले बरस ही प्रसिद्ध उद्योगपति विजयपत सिंहानिया गैस के गुब्बारे के सहारे आसमान में काफी ऊँचाई तक उड़कर विश्व रिकार्ड बना चुके हैं। काफी खतरा उठाते हुए उन्होंने अपना यह रोमांचक प्रयोग कर दिखाया, जिसके लिए उचित ही भारत सरकार ने उन्हें पद्म सम्मान से सम्मानित किया।

इस तरह टेक्नोलॉजी के इस्तेमाल से इनसान ने साबित कर दिखाया कि अगर वह ठान ले, तो आकाश से पाताल तक कोई उसके बढ़ते पैरों को नहीं रोक सकता। यही वजह है कि आज सभी दिशाएँ मानो सैर के शौकीन धुनी आदमी के लिए अपने द्वार खोलकर 'स्वागतम्' कह रही हैं!

www.ingramcontent.com/pod-product-compliance
Lightning Source LLC
LaVergne TN
LVHW082234051026
849532LV00012B/3981